幼馴染みの（元）極道社長からの
昼も夜も果てない猛愛に逆らえません

m a r m a l a d e b u n k o

田崎くるみ

マーマレード文庫

目次

幼馴染みの（元）極道社長からの昼も夜も果てない猛愛に逆らえません

幼馴染みの（元）極道社長からの昼も夜も果てない猛愛に逆らえません

思いがけない再会は、溺愛のはじまり

満開の桜が少しずつ散っていき、いよいよ春本番を迎えた四月上旬。昼下がりの公園のベンチで私、羽田梅乃《はねだうめの》はスマートフォンの画面と睨《にら》めっこをしていた。

「こんなにたくさんの求人が出ているのに、なかなか条件に合うところがないな」

スクロールしながら、深いため息が漏《も》れてしまう。

大学を卒業後、一般企業に就職して経理を担当してきた。しかし、とある理由で先月末に退職し、こうして新たな職を探しているところだけれど、これといったところに出会えていない。

スマートフォンをバッグにしまい、ハローワークでもらった求人票に目を通していると強い風が吹き荒れた。

背中まである黒髪が邪魔をして求人が見づらい。手首に着けていたヘアゴムで髪を後ろでひとつにまとめるも、風は吹き続ける。

「どこかカフェに入ろうかな」

ゆっくりと求人を見ることを諦《あきら》め、移動しようとバッグにしまおうとした時、強い風によって手から求人票が離れていく。

「あっ」

風に乗ってひらひら舞う求人票を追いかけながら拾っていく。そして最後の一枚が地面に落ちた。

駆けて向かう中、私より先に前方から歩いてきた長身の男性が拾ってくれた。

「求人票……？」

屈《かが》んだ状態から姿勢を戻した彼の身長は、一八〇センチほどだろうか。少し長めの黒髪をセンター分けにしている。

遠目からでも、線は細いものの、鍛《きた》えているのがわかるほど男の人らしい身体つきをしている。

近づくにつれて、整った顔立ちをした男性がまじまじと求人票を見ているものだから、恥ずかしくてたまらなくなる。

「すみません」

一刻も早く求人票を受け取ってこの場を離れたい一心《いっしん》で男性に歩み寄った。

「ありがとうございました」

お礼を言いながら目の前で足を止め、拾ってくれた人物を見て目を疑う。

「え？　あれ？　もしかして京之介《きょうのすけ》君？」

「梅乃ちゃん？」

お互いを指差しながら目を白黒させてしまう。だけど次の瞬間、京之介君は切れ長の綺麗《きれい》な瞳を細めて、昔と変わらない笑顔にドキッとなる。

「偶然再会するのはこれで二回目だな。久しぶり、元気だった？」

「ほ、本当だね。うん、元気だったよ。京之介君は？」

破壊力のある彼の笑顔に胸を高鳴らせながらも、昔と変わらない〝梅乃ちゃん〟呼びと笑顔につられて私も頬《ほお》が緩《ゆる》む。

一堂《いちどう》京之介君とは、小学校六年間同じクラスで仲が良かった。お互いの家も近くて、一緒に帰る機会も多く自然と仲が深まっていった。

話すことといえば、本当に他愛《たあい》のないことだった。今日の給食が美味《おい》しかったとか、家で飼っている犬の話とか。

私にとって京之介君は、他の男子と変わらない普通の男の子だったわけだけれど、それは違うということを少しずつ感じていった。

登校時には黒のスーツを着た大きな男の人が常にそばについていて、家は門扉《もんぴ》から格式がある家だった。

立派な日本庭園が広がっていて、純和風のお屋敷で外から見るたびにすごいと思っていたほど。

みんな最初は京之介君とクラスメイトとして普通に接していたのに、少しずつ変化していった。

話しかける子がひとり、またひとりと減っていき、高学年になる頃には誰も京之介君に近づこうとしなくなってしまった。

その理由は、彼の家が一堂組という極道一家だったからだ。

みんな両親から京之介君と仲良くしちゃだめだと言われたようで、目も合わそうとしなかった。

あの頃はまだ小さかったし、極道というのがどんな存在なのかよく理解できなかった私は、みんなの変わりようについていけなかった。

だって家族がどうであっても、京之介君は京之介君だ。優しくて笑った顔が意外と可愛くて、なにより真面目《まじめ》だった。

そんな京之介君が悪いことをするようには思えなかったし、あり得ないと思った。

それを両親に話したところ、周りの子の親とは違い、京之介君と仲良くするなとは言わなかった。

私の気持ちを尊重してくれて、私が仲良くしたいと思うならそうすればいい。だけど、なにかあったらすぐ話すようにと言ってくれた。

だから私は周りがなんて言おうと、京之介君と今まで通り接した。それは私だけではなく、幼稚園からずっと親友だった菊谷悠里《きくやゆうり》も一緒だったから平気だったのかもしれない。

でも小学校を卒業して、学区の違いによって私は悠里と京之介君とは違う中学校へ進学した。

そこで私は、極道と関わっているやばい奴だと噂《うわさ》が立ち、周りから避《さ》けられてしまった。

中学校ではいい思い出がない。友達はひとりもできなくて、常にひとりで過ごしていたから。

でもそれを悠里や京之介君には言えなかった。とくに京之介君に話したら、自分のせいだと責任を感じてしまうだろう。

京之介君と仲良くしていたことを後悔はしなかったし、むしろみんなと同じように避けていたほうが後悔したと思う。

それでも中学校で過ごした三年間は、私に深い傷とトラウマを残した。

両親と相談して高校は知り合いが誰もいない全寮制の学校を選んだ。私を心配した悠里も同じ学校を受験した。申し訳なく思う私に対し、悠里は『私も遠くの学校に行きたかったし、寮生活に憧《あこが》れがあったの』なんて言っていたけれど、絶対に私を思ってのことだろう。

都外の学校を受験することを考えていると打ち明けた時に、中学校での出来事を伝えたら、『気づいてあげられなくてごめん』と、まるで自分のことのように苦しみ、泣いていたから。

それでも私は、小学校の時のようにまた悠里と同じ学校に通えることが嬉《うれ》しかった。でもまた同じことで恐れられ、避けられたらどうしようという思いが強く残り、人と接するのがすっかり苦手になってしまった。

そんな高校生活の中でも、数名の友人と巡り合えたのは悠里のおかげだと思う。

悠里とは同じ大学に進学し、少しずつ人と接することを克服していった、そんな頃だった、京之介君と再会したのは。

「たしか前に会ったのは二十一歳の時だったか?」

「うん、そうだったと思う」

ちょうど就活の時期で、話すのが苦手な私はいつも面接で失敗してなかなか就職先が決まらず、悩んでいた時だった。

「そういえば前も梅乃ちゃん、求人票と睨めっこしていた気がする」

「……アハハ」

これには乾いた笑い声が漏れてしまう。

小学校を卒業してからも、悠里を通して京之介君とは連絡を取り合っていた。だけど高校に進学してからというもの、少しずつ連絡する頻度は減っていって、高校を卒業する頃にはまったく連絡をとらなくなってしまった。

悠里の話では、高校在学中に本格的に家を継ぐ決意を固めたから、京之介君は高校を中退したと聞いた。

寂しくもあったけれど、それが京之介君の選んだ道だと言い聞かせた。

その頃には極道の世界がどういうものなのか、さすがに理解できる年頃になっていたから、京之介君が連絡してこないということは、私とは住む世界が違うということだろうと思っていた。

それなのに再会したあの日。驚くことに彼は昔のように『久しぶり、元気だった？』と屈託《くったく》のない笑顔で話しかけてきたのだ。

最初は目を疑ったし、京之介君が極道の道に進んだというのはデマで、本当は私と同じように普通の大学生活を送っているのかもしれないと思ったほど。

でも久しぶりの再会に嬉しくなり、ふたりで近くのカフェに入った時に彼からやはり一堂組の若頭《わかがしら》をしていると聞いた。

偶然再会した時も、見回りをしていたところだったらしく、気づけばカフェの近くには見覚えのある黒服の男性がこちらの様子を窺《うかが》っていた。

ということは、今日もだろうか。

気になって周囲を見回したものの、それらしき人物が見当たらない。

「もしかして、護衛を探している？」

「あ、いや、その……」

図星をつかれて返す言葉が見つからずにいると、京之介君は眉尻《まゆじり》を下げた。

「護衛ならいないよ。……俺はもう一堂組とはなんの関係もない人間だから」

「えっ」

耳を疑う話に、動揺を隠せない。

どういうこと？　だって京之介君は一堂組を継いで若頭だって言っていたよね？

私の思いは顔に出ていたのか、京之介君は「もし時間があるなら、どこかでゆっくり話さないか？」と提案してきた。

それに私は同意し、近くの喫茶店に向かった。

入った喫茶店は京之介君がよく来ている場所らしく、オーナーとも顔見知りのようだった。

カウンター五席と、テーブル席が三つの小さな喫茶店ながら、アンティークの小物が飾られていてオシャレだ。テーブル席のソファは赤を基調としており、座り心地がよい。

店内は常に珈琲《コーヒー》の芳《かぐわ》しい香りが漂っていて、この空間にいるだけで癒《いや》される。

「お待たせしました。珈琲とホットカフェオレになります。どうぞごゆっくりお過ごしください」

飲み物を運んできたマスターはそれぞれをテーブルに置くと、丁寧に一礼してカウンターの中に戻っていった。

客はまばらで、私たちの他に二組だけ。クラシックが流れる店内で私と京之介君はそれぞれカフェオレと珈琲を飲む。

一息ついたところで京之介君が先に口を開いた。

「さっきの話の続きだけど色々《いろいろ》あって、今は極道から足を洗って違う仕事をしているんだ」

「そう、だったんだ」

とは言ったものの、本当なのだろうか。偏見だけれど、極道の世界から抜けるのはそう簡単なことではないんじゃないの？

映画やドラマではよくケジメとして指を詰めていたけど、もしかして京之介君も？心配になって彼の手を凝視《ぎょうし》してしまう。だけど京之介君の指は全部揃《そろ》っている。じゃあ足を洗ったって話は嘘《うそ》？　でも京之介君が嘘をついているようには見えないし……。

グルグルと考えていると、京之介君はクスリと笑った。

「なにかを考えだすと、眉間《みけん》に皺《しわ》が寄る癖《くせ》は今も変わらないんだな」

「嘘？」

思わず自分の額に手を当てたら、ますます京之介君の笑いは増す。

「本当。さっきからジッと俺の手ばかり見ていたし、もしかして足を洗うケジメとして指を詰めたとでも思った？」

また図星をつかれ、気まずくて視線を逸《そ》らす。

「その様子じゃ当たりだったみたいだな。……大丈夫、まぁまぁ円満に組を抜けることができたから」

〝まぁまぁ〟っていうのが引っかかるけれど、私が想像していたケジメの付け方はしなかったようで胸を撫《な》で下ろす。

「俺の話はこれくらいにして、今度は梅乃ちゃんの番。……どうして求人票を見ていたんだ？」

「どうしてって……」

なんて説明したらいいだろうと考える中、六年前に京之介君と再会した後から、今日までのことが頭をよぎる。

当時、京之介君との久しぶりの再会は、私にとってとてもプラスに働いた。

以前と変わらずに接してくれて嬉しかったし、小学生の私の判断は間違っていなかったと思えた。

だってあの時、みんなと同じように京之介君を避けていたら、あんなに再会できて嬉しいとは思えなかったはず。

たとえ彼と住む世界が違っていたとしても、昔のように声をかけてくれたのが嬉しかったから。

それに京之介君は私の就職活動がうまくいっていないことを知ると、自分も一部の組の人たちに認めてもらえず、苦労していることを打ち明けてくれた。

さらに『どんなことだって、最初からうまく人なんていない。みんななにかしらの苦労をするからこそ、大きく成長できるはずだ』と励ましてもくれた。

彼の言葉に勇気をもらえた私は、とても前向きな気持ちになれた。

苦手だった面接も彼の言葉を思い出して、精いっぱい自分をアピールすることができ、見事に大手企業の内定をもらうことができた。

それを伝えたくて京之介君に連絡しようとしたのに、再会した時に聞いた連絡先は繋がらなくなっていた。

普通に接してくれたけれど、やっぱり住む世界が違うから京之介君は私と距離を取りたいのかもしれないと諦めた。

京之介君のおかげで就職できたとお礼を言えなかったのが心残りだったけれど、本社の経理に配属され、慣れない仕事に追われる日々がそれを忘れさせていった。

そして入社当時から私の教育係だった五歳上の上司の三井《みつい》さんに、私は恋をした。

優しくて頼りになって、学生時代に接してきた男の人とは違い、大人の余裕や包容力のある彼に惹《ひ》かれた。

私の恋心は実り、晴れて三井さんと恋人になれた時はどんなに嬉しかったか。それからの毎日は幸せそのものだった。

でもその幸せは長くは続かなかった。つい二ヵ月前に急に三井さんから別れを告げられたのだ。何度聞いても理由は教えてくれず、避けられるばかり。

そんな時に、社内で大きなニュースが飛び交った。彼と専務の娘が婚約したと――。さらに彼女は身ごもっているとも聞いて衝撃を受けた。

結局私は彼にとって遊びだったのだと理解した。考えれば恋に溺《おぼ》れて周りが見えていなかったことにも気づいた。

社内では付き合っていることは絶対に秘密にしようと言われていたし、デートは決まって会社帰りのみ。一年間も交際していながら、一度も休日に一日中デートをしたことがなかった。

専務の娘とは私が入社する前から交際が囁《ささや》かれていたそうだ。社会人になっても人と接するのが苦手で、教育係の彼としか打《う》ち解《と》けていなかったから、私はなにも知らなかった。

最初から周りとの関係を築けていれば、もっと早くに知ることができたはず。すべて自分が招いた結果だった。なにもかもが嫌になり、会社に居づらくなった私は次の就職先も決まらぬまま退職したわけだけれど……。それをそのまま京之介君に正直に話せない。

なんて言えばいいのかと頭を悩ませていると、京之介君が私の様子を窺いながら切り出した。

「結婚間近の恋人がいたよな？　相手は結婚後も梅乃ちゃんに働けって言うのか？」

「どうして京之介君が知っているの？」

私は就職してから一度も京之介君とは会っていない。だから当然、上司と付き合っていたことは知らないはずなのに。

動揺を隠せずにいる私に対し、京之介君は「しまった」と呟《つぶや》いて手で口を覆《おお》った。

気まずそうに視線を逸らす彼に「どうやって知ったの？」と尋ねた。

「いや、その……悪い、三年前くらいに再会して以来、菊谷とは連絡を取っていたんだ」

「悠里と？」

意外な情報源に目を白黒させてしまう。

私と悠里とは今も頻繁《ひんぱん》に連絡を取り合っているし、つい数日前にも会ったばかりだった。だけど一度も京之介君と繋がっているなんて言っていなかったのに。

私だけ除《の》け者にされた気分になり、視線が落ちる。

「悠里じゃなくて、直接私に聞いてくれたらよかったのに……」

そもそもなぜ私とは音信不通になってしまったのに、悠里とは連絡を取り合っていたのだろうか。

私はてっきり極道の世界に入った以上、住む世界の違う私とは離れるためだと思っていた。でもそれは悠里にも言えることだ。それなのに私とだけ連絡を断ったということは、私のことが嫌い？　それとも悠里と付き合っているの？

様々《さまざま》な考えが浮かぶたびに、寂しい気持ちが積み重なっていく。

「梅乃ちゃん？」

私の名前を呼ぶ声に顔を上げれば、心配そうに私を見つめる彼と目が合う。

「あっ……」

もしかしたらふたりは私がこういう反応をすると予想し、なかなか言い出せずにいたのかもしれない。

それに悠里には、高校三年間付き合った彼氏と別れて以来、恋人がいなかった。そんな悠里の相手が京之介君なら、寂しくなるより喜ぶべきじゃない？

京之介君が極道の世界から足を洗ったのは、悠里のためかもしれない。それほど本気なら私は祝福するべきだ。

そう結論づけて必死に笑顔を取り繕《つくろ》った。

「ごめん、私のせいでふたりとも言いづらかったんだよね」

「えっ？」

キョトンとなる京之介君に笑顔で続ける。

「大丈夫、ふたりが付き合っていたと聞いてもショックを受けないから」

「ふたり？　付き合っている？」

意味がわからないと言いたそうに首を傾《かし》げる彼に、もどかしくなる。

「だから付き合っているんでしょ？　……京之介君と悠里」

私から切り出した瞬間、京之介君は目を見開いた。

「なに言って……っ！　そんなわけないだろっ!?」

声を荒らげた彼にびっくりしたのは私だけではなく、店内にいた客とマスターもだった。それに気づいた京之介君は周りに「すみません」と謝った後、真剣な面持《おもも》ちで私を見据《みす》えた。

「菊谷とは付き合っていない」

「それなら、どうしてふたりとも私には連絡を取り合っていることを話してくれなかったの？」

疑問をぶつけると、京之介君はたじろぐ。

「それは……俺が言わないでくれって頼んだからだ」

じゃあ私のことが嫌いだから、連絡を取りたくなかったってこと？　そう聞けばいいのに、それが事実だったらと思うと怖くて聞けなくなる。

すると京之介君はなにか言いたそうに口を動かした後、小さなため息をひとつ零《こぼ》して冷めた珈琲を一気に飲み干した。

「梅乃ちゃんは、前に再会した日に俺と話したことを覚えている？」

「話したこと？」

「あぁ」

彼に言われ、必死に記憶を呼び起こす。

あの日はたしかお互いの近況報告をして、そこで私はちょうど就活中だと伝えた気がする。それと京之介君から若頭として修業中だって聞いたよね。

「俺が極道の世界に入ったと言っても怖がらず、住む世界が違うのに声をかけてくれて嬉しかったって梅乃ちゃんが言ってくれたんだ」

「あっ……」

そういえば、そんなことを言った気がする。

「それを聞いて、本当は気軽に梅乃ちゃんに声をかけるべきではなかったと気づいたんだ。俺の入った世界は堅気《かたぎ》とは違うって理解していたつもりだったのにできていなかった。梅乃ちゃんは嬉しそうに話していたけど、俺は梅乃ちゃんと住む世界が違うという現実に悲しくなった」

悲しげに瞳を揺らす彼の姿に、なぜか胸が痛む。

ゆらゆらと揺れていた瞳は私をとらえ、真《ま》っ直《す》ぐに見つめてきた瞬間、トクンと胸が鳴る。

「初恋を終わらせることができていなかったことにも気づかされたんだ」

「えっ……」

初恋ってどういうこと？

処理が追いつかず、脳内はパンク状態に陥《おちい》る。

「梅乃ちゃんと再会して、初恋を諦めたくない、同じ世界で生きたいって思ったんだ。だから極道の世界から足を洗って、梅乃ちゃんに見合う男になるために努力をしてきた」

京之介君が言っていることは本当なの？

すぐには信じることなどできない話に困惑《こんわく》してしまう。

「中途半端なままでは会いに行きたくなくて、連絡を断った。だけど菊谷から散々《さんざん》バカにされたよ。その間に梅乃ちゃんに恋人ができたらどうするんだって。……情けない話、極道の世界から抜ければ、すべてがうまくいくと勝手に思っていたんだ。それが間違いだと気づいたのは、そうやって俺が頑張《がんば》っている間に菊谷から梅乃ちゃんに恋人ができたって聞いた時だった」

苦しそうに顔を歪《ゆが》めながらも、京之介君は私から目を逸らすことなく続けた。

「結婚間近とも聞いて、さすがに諦めようと思っていた。だけど、結婚してからも梅乃ちゃんに会社を辞《や》めさせて、別の場所で働かせる男なら話は違う。……菊谷から今の仕事が楽しいって聞いている。それなのになぜ相手は梅乃ちゃんに仕事を辞めさせたんだ？　俺なら絶対にそんなことしない。なにより梅乃ちゃんの気持ちを優先するのに」

胸が苦しくなることばかり言われては、もう疑う余地もない。京之介君は嘘でも冗談で言っているわけでもない。本当に私を好いてくれているのだと――。

理解した途端《とたん》、胸がギューッと締めつけられて苦しくなる。

「梅乃ちゃんが言えないなら、俺が言ってやる。その男は今の時間は仕事中？　だったら会社に乗り込むか」

ブツブツと物騒《ぶっそう》なことを言う京之介君にギョッとなる。

「違うの！　京之介君、誤解だから」

「えっ？」

京之介君に想われていたことで頭がいっぱいで、肝心なことを伝えていなかった。

「だから、その……私には恋人なんていないの」

「でも菊谷は結婚間近だって……」

「悠里にもまだ話していないの」

きっと三井さんのせいで会社に居づらくなって辞めて、いまだに就活中という今の状況を話したら、さっきの京之介君のように会社に乗り込んで文句を言うって言いそうだから。

就職先が決まって、きっぱりと三井さんのことを忘れることができてから話すつもりだった。

「私は彼にとって遊びだったみたいで。……私と付き合う前から専務の娘さんと恋人だったんだ。それなのに勝手にひとりで盛り上がっちゃってさ。結局会社に居づらくなって辞めたの……っ」

できるだけ京之介君に心配かけないように平静を装《よそお》いながら話したものの、最後は声が震えてしまった。

だめだな、まだ立ち直れていないみたい。遊ばれていたのに、なぜ三井さんに優しくされた記憶ばかりが脳裏《のうり》に浮かぶのだろうか。

すると京之介君は急に立ち上がり、私の隣に腰を下ろした。

「え？　京之介君？」

次の瞬間、京之介君はびっくりする私をそっと抱き寄せた。

爽《さわ》やかなマリンブルーの香りが鼻を掠《かす》め、彼のぬくもりに包まれて思考が停止してしまう。

「つらい話をさせてごめん」

大きな手が優しく背中や髪を撫でるたびに、彼に抱きしめられていると実感させられていく。

きっと私を慰《なぐさ》めてくれているんだよね？　それはありがたいんだけれど、ここは喫茶店で周りに人がいるのに。

「きょ、京之介……君？」

恥ずかしくて小声で彼の名前を呼ぶものの、さらに強い力で抱きしめられた。

「大丈夫、誰も見ていないから泣いてもいい」

「えっ？」

彼の話を聞いて目を触り、涙が溢《あふ》れていることに初めて気づいた。

嘘、なんで？　泣くつもりなんてなかったのに。まだこんなにも失恋を引きずっていたなんて……。

一度自覚してしまうと、涙が止まらなくなる。その間もずっと京之介君は私の背中や髪を撫で続けてくれた。

どれくらい泣き続けていただろうか、私が泣き止んだことに気づいた彼はゆっくりと離れていった。

「大丈夫か？」

「う、うん」

どうしよう、恥ずかしくて京之介君の顔がまともに見られない。それに他にお客さんもいたよね？

チラッと店内に目を向けたものの、いつの間にか店内には私たちしかいなかった。

するとカウンターからマスターがトレーにカップを乗せてやって来た。

「こちら、ハーブティーになります。よかったらどうぞ」

そう言ってテーブルに置かれたカップからは、青リンゴのような優しい香りがする。

「こちらはリラックス効果のあるカモミールになります。心を落ち着かせる効果もあるんですよ」

きっと泣いた私を気遣《きづか》って用意してくれたんだよね。

「すみません、ありがとうございます」

マスターにお礼を伝えて受け取る。カップの温かさが両手に伝わってきて、それだけでホッとなる。

「マスターは自分でハーブを育てていて、俺もその日にあったハーブティーをよく淹《い》れてもらっているんだ」

「そうなんだね」

一口飲むと、渋みと苦みを蜂蜜がうまく緩和してくれて美味しさが広がる。

「少し蜂蜜を入れてみましたが、お口に合いましたか?」

「はい、とっても美味しいです」

私の言葉を聞き、マスターは安心した表情で「それはよかったです。どうぞごゆっくりお過ごしください」と言い、戻っていった。

ハーブティーのおかげでだいぶ落ち着いたけれど、冷静に今の状況も理解できるようになった。

私のことをずっと想い続けてくれていた京之介君に甘えて、泣いちゃうなんて。だけど彼の手があまりにも優しくて、涙が止まらなくなってしまった。

「泣いたりしてごめんね」

ハーブティーを飲みながら謝ると、隣に座る京之介君は首を横に振った。

「いや、むしろ嬉しかったよ」

「え？　嬉しかった？」

意外で聞き返してしまった私に彼は頷《うなず》く。

「俺の前で弱い部分を見せてくれて嬉しかった」

目を細めて甘い声で囁く京之介君に胸がギュッと締めつけられる。

「だからこれから先も、泣くなら俺のそばでだけにしてほしい。そうでないと、梅乃ちゃんが悲しい時に慰めることができないだろ？」

「……っ」

蕩《とろ》けるほど愛しそうに見つめられながら言われた言葉に、心臓が止まりそう。

次第に顔が熱くなっていくのを感じ、鏡を見なくても自分の顔が赤いのが予想がつく。

「だからといって、今すぐに俺の気持ちを受け入れてほしいなんて思わないから。ただ、俺が梅乃ちゃんを好きだってことだけは知っていてほしいし、これから好きになってもらうチャンスを俺に与えてほしいんだ。……そばにいることを許してくれないか？」

正直、振られたばかりだし次の恋をする気にもなれない。それに京之介君を好きになれるかだってわからない。

だけど京之介君は優しくて、話をするのが楽しくて一緒にいると居心地がよかった。だから幼いながらも周りがなんて言おうと、私は彼との関係を変えるつもりはなかったんだ。でも……。

「いいの？　もしかしたら私、京之介君を好きになれないかもしれないよ？」

京之介君を恋愛対象として見たことはない。小学生の時はずっと友達だったし、大きくなってからは住む世界が違う人だと思っていたから。

正直な気持ちを打ち明けると、彼はゆっくりと口を開いた。

「大丈夫、絶対に好きにさせる自信があるから」

まるで私が彼に恋をすることがわかっているような口ぶりに驚き、目を見開いた。

「よく初恋は叶わないものだって聞くけど、俺はそれを覆《くつがえ》したい。それほど梅乃ちゃんが好きだってことを、ちゃんと理解しておいて」

「う、うん……」

思わず返事をしてしまうと、京之介君は満足げに微笑《ほほえ》んだ。

「それじゃ俺に梅乃ちゃんを口説《くど》く機会を与えると思って、俺の会社に来ないか？」

「えっ？」

すると京之介君はポケットの名刺入れから一枚取り、私に差し出した。

「俺が立ち上げた会社。主にネットアプリを製作しているんだけど、ちょうど経理事務の子が寿《ことぶき》退社して後任を探していたんだ。梅乃ちゃんがこれまでやっていた仕事の成果を十分に発揮できるだろうし、うちとしても即戦力としてぜひ働いてほしい」

会社の住所は、退社した会社とは一駅しか離れていなくて自宅からでも通える距離だ。

それに経理事務なら私が求めていた条件にも、ぴったりと当てはまっている。だけど本当にいいのかな？

「もちろん面接は受けてもらうよ。人事の判断で採用となったら、働いてくれる？」

返事に迷っていると私の心情を察したのか、面接の提案をしてくれた。それなら断る理由はない。

「うん、わかった。……ありがとう」

「どういたしまして」

にっこり微笑む彼につられて私も頬が緩んだ瞬間、京之介君はそっと私の手を握った。

「きょ、京之介君？」

彼はびっくりしてあたふたする私の耳に顔を寄せた。

「就職先が決まって落ち着いたら、俺のこともちゃんと考えてね」

反射的に彼を見れば、端正《たんせい》な顔が間近にあって息を呑む。それなのに切れ長の瞳に吸い込まれてしまいそうで微動《びどう》だにできない。

「最低な元カレのことなんて、まったく思い出せなくなるほど俺でいっぱいにさせてみせるから覚悟して」

「……は、はい」

思わずそう返事をしてしまうと、京之介君は「なんで敬語なの？」と言ってクスクスと笑う。

そんな彼の笑顔に私の胸は苦しいほど締めつけられ、目が釘付けになってしまった。

私の知る彼と、今の彼

「なにそれ！　信じられない……っ!!　梅乃と付き合う前から専務の娘と付き合っていたなんてっ……！」

怒りで身体を震わせながら叫ぶ悠里の声があまりにも大きくて、彼女がひとりで暮らすこのアパートは壁が薄いと言っていたから、隣の部屋にまで聞こえていないかとなぜか私がヒヤヒヤしてしまう。

「悠里、ちょっと落ち着いて」

「落ち着いてなんていられるか！」

宥《なだ》めた私の声を遮り、悠里は勢いよく立ち上がった。

「こうしちゃいられない！　梅乃！　今すぐ三井の最低野郎を殴りに行くよ」

「えっ!?」

ギョッとなる私に構わず、本当に家から出ていきそうな悠里の後を慌《あわ》てて追いかけた。

「待って悠里」

「待てるわけがないでしょ！　いや、殴るだけじゃ足りないわ。会社にリークしてやろう。二股がバレたら専務の娘との結婚も白紙になるだけじゃなく、三井も会社にいられなくなるわ」

悪い顔で言う悠里に頭が痛くなる。

こうなると予想できていたから、悠里に打ち明けるのは慎重になっていた。でも京之介君のことを説明するには、この話をしないことには始まらないから伝えた結果がこれだ。

「さぁ、行くよ梅乃」

玄関に向かう悠里に後ろから抱きついて、必死に止めた。

「私なら大丈夫だから！」

「全然大丈夫じゃないでしょうが！」

「両想いになれて浮かれすぎて、ちょっと考えればおかしいことに気づけなかった私にも責任があるの。それに今は前向きな気持ちになっているから」

「でも……っ」

「なにより私には、こうして自分のことのように怒ってくれる悠里がいるから」

するとと悠里の動きはピタリと止まり、ジッと私を見つめる。

「私がいるから平気なの？」

「もちろん！」

即答すると悠里は嬉しそうに頬を緩めたが、眉間に皺を寄せて「でも梅乃を傷つけた罪は償《つぐな》わせたいし……」とブツブツと呟いた。

「本っ当に大丈夫だから！　それにほら、そんな時間も勿体《もったい》ないよ。そう思えるほど私も立ち直れているの」

「ね？」と言って必死に説得を続けた結果、悠里は小さなため息を漏らした。

「そっか、わかった。梅乃がそう言うなら三井への報復《ほうふく》は諦めるよ」

それを聞き、胸を撫で下ろした。

「そうだ、話が途中だったね」

「うん」

悠里は美人でよく昔から〝高嶺《たかね》の花〟と呼ばれていた。けれど、実際の彼女は明るくて喜怒哀楽《きどあいらく》がすぐ顔に出るタイプ。

素直なところがまた悠里のいいところでもあるが、さっきのように猪突猛進《ちょとつもうしん》することもしばしば。

でも、その怒りを鎮《しず》める方法も長年親友としてそばにいれば習得できる。

ふたりでリビングに戻り、再就職先を探していた時に京之介君に偶然再会したことや彼に告白されたこと、会社で働かないかと誘われたこと、そして連絡先を交換してからというもの、毎日メッセージや電話でやり取りをしていることなどを伝えた。

「アハハッ！　それで私と一堂の関係を疑ったわけだ」

「もう、笑い事じゃないから。……ふたりとも私に内緒で連絡を取り合っていたって知ったら、普通はそう思うでしょ？」

最初は悠里と京之介君の関係を疑ったことも伝えたところ、悠里はまるで他人事のように大笑いした。

「私と一堂が恋人になるなんて、たとえ世界が終わりを迎えるとしてもあり得ないことだから。……絶対に無理、あんな初恋拗《こじ》らせ男」

「えっ？　なに？」

付け足すようにボソッと言った悠里の言葉が聞き取れなかったのに、彼女は「なんでもないよ」と言って教えてくれなかった。

「一堂とは仕事を通して再会したの」

悠里の勤め先は広告代理店だ。彼女の会社にマーケティングを依頼したのだろう。

「梅乃に話さなかったのは、一堂に頼まれたからなの。……それにその時には梅乃は最低野郎に片想いをしていて、私も梅乃の恋を応援していた。梅乃にとって一堂の気持ちは負担になるでしょ？　それをあいつもわかっていたから梅乃に話さなかったんだよ」

「そう、だったんだ」

悠里の口から彼の想いを聞き、改めて本当に京之介君は私のことを想い続けてくれていたのだと実感する。

「梅乃が幸せならそれでもいいって言いながら、逐一《ちくいち》梅乃の様子を報告しろって言うのよ。梅乃以外の相手とは結婚せずに、生涯独身を貫くつもりだったんだって。……それほど一堂は梅乃のことが好きってことは、私が保証する」

「そ、そっか」

なんだか気恥ずかしくなり、視線が下がってしまう。

「最低野郎とは違って絶対に浮気はしないだろうし、誰よりも大切にしてくれると思う。まぁ……ちょっと重い部分はあると思うけど、梅乃がそれでもいいっていうなら私はふたりのことを応援するよ。だからゆっくりでもいいから、一堂とのことを考えてみてもいいんじゃない？」

「……うん」

京之介君に告白されてからこの一週間、ずっと彼のことを考えていた。私のために極道の世界から出てくれた気持ちは嬉しいし、そんな彼の気持ちに応えたいとも思う自分がいる。

「まずは明日の面接に受かってから考えてみたら？　ぶっちゃけ、私は一堂のことをオススメはできないけど」

「えっ？」

さっきとは言っていることが違って目を白黒させてしまう。

「だってさぁ、一堂ってば口癖《くちぐせ》のように梅乃のことを聞いてくるのよ？　どれだけ梅乃が好きなの!?　って突っ込んだら、〝言葉では表現できないくらい〟って真面目に答えた時は、鳥肌が立ったわ。私にはあんな愛が重い男は無理、耐えられない」

身体を震わせて言う悠里だけれど、それを聞かされたこっちは恥ずかしくて顔が熱くなる。

「ほ、本当に京之介君がそんなことを言っていたの？」

信じられなくて聞き返すと、悠里は人差し指を立てた。

「そうよ、それだけ一堂は梅乃のことが好きなの。今まで梅乃の幸せを願って気持ちを閉じ込めていたから、覚悟しておくことね。毎日口から砂糖を吐きそうなほど甘い言葉を囁かれる可能性があるわ」

そう言って悠里は私が買ってきたクッキーを頬張り、紅茶を一気に飲み干した。

「でもそれくらい愛が重いほうが、絶対に梅乃を裏切らないだろうし、幸せにしてくれるのかもと思うわけよ。……あぁー！　もう！　梅乃！　今の私の複雑な気持ちがわかる!?」

急に叫び出して理解を求める悠里にびっくりしながらも頷くと、彼女は頭を抱え込んだ。

「だけど一番大切なのは梅乃の気持ちだから。それに就職先としては、一堂の会社は梅乃の求める条件にもぴったりなんでしょ？」

「うん」

「だったらあいつの会社に入って、今の一堂の姿をよく見て知るいい機会でもあるんじゃない？」

「……そうだね」

私の記憶の中にある京之介君は、小学生のままだ。それ以降会ったのは大学生の時のみ。それまでどんな思いでどんな人生を歩んできたのかわからないし、大人になった彼を知らない。

「じゃあ明日の面接頑張らないとね」

「うん」

まずは明日の面接に集中しよう。その結果がわかってからでもいいよね、京之介君のことを考えるのは。

「悠里、いつも話を聞いてくれてありがとう」

すべてを打ち明けたことで心が軽くなったし、自分のことのように真剣に考えてくれる悠里に、これまで何度救われてきたことか……。

感謝の思いを伝えると、悠里は照れくさそうに頬を掻《か》いた。

「改めて言われると照れるからやめて。親友として当然のことをしたまでだから。それに梅乃だって私になにかあったら、力になってくれるでしょ?」

チラッと私を見た彼女にすぐさま大きく頷いた。

「もちろんだよ」

悠里のためなら、どんなことだってする。

「……なんか私たち、すごく恥ずかしいことを言っているね」

「たしかに」

目を合わせた後、どちらからともなく笑ってしまった。

だけどこうして笑い合い、なんでも言える存在がいる私は本当に幸せだと思う。これからもずっと悠里とは親友でいたいし、悠里の力になりたい。

「面接の結果がわかったら、すぐに教えてよね」

「うん、わかったよ」

それからも他愛ない話をして楽しい時間を過ごした。

「今日は楽しかったな」

帰宅後、両親と夕食を済ませて入浴後は二階にある自分の部屋でゆっくりと過ごしていた。

だけど明日の面接のことを考えると不安に襲われる。

いまだに人と話すのは苦手だし、他人の目に自分がどう映っているのかと考えると怖くなる。

ベッドに腰かけて心を落ち着かせようと思い、スマートフォンで寝る前のルーティンになっている可愛い動物の動画を見ていると、京之介君から電話がかかってきた。

この一週間で何度か電話越しに話をしたことがあるのに、まるで初めて話す時のように緊張してしまう。

一度大きく深呼吸をして胸の高鳴りを落ち着かせてから電話に出た。

「もしもし」

『よかった、まだ起きていて』

安心した声で京之介君は続ける。

『明日、面接だろ？　頑張れってどうしても伝えたくて電話したんだ』

悠里にも同じように励まされたのに、なぜ京之介君に対してはこんなにも胸が苦しくなるのだろうか。

『面接を担当する人事は、気さくでおもしろい奴だから緊張することはない。あ、もちろん梅乃ちゃんと俺の関係は話していないし、人事には秘書から梅乃ちゃんのことを伝えてもらったから』

「うん、ありがとう」

京之介君の気遣いに心が温かくなる。

この一週間の彼とのやり取りは、本当に些細《ささい》な話ばかりだ。お互いの好きな食べ物や趣味、よく聴く音楽など教え合った。

昔と同じ食べ物が好きだったり、嫌いだった物が好きになったりと新たな発見もあって話は尽きなかった。

電話で話す際、最初はいつも緊張しちゃうけれど、今のように話しているうちに自然と緊張も解けていく。

それはこうやって彼が私を気遣ってくれるからだと思う。

『明日、会社までの道はわかる？　やっぱり俺が迎えに行こうか？』

「前にも言ったけど大丈夫だよ。ちゃんと場所は把握しているから」

同じやり取りをするのは、三回目だ。優しいというか、若干京之介君は過保護なところがある。

『もし万が一場所がわからなくなったら、遠慮《えんりょ》なく連絡してくれ』

面接は十時からだから、仕事中の京之介君に連絡をするつもりはないけれど、彼の優しさが伝わってきて嬉しい気持ちでいっぱいになる。

「うん、ありがとう」

『それじゃ、おやすみ』

通話を切り、スマートフォンを手にしたままゆっくりとベッドに仰向《あおむ》けになった。照明の明るさが眩《まぶ》しくて腕で目を覆う。

明日の面接でうまく受け答えできるか不安でいっぱいだったけれど、京之介君と話をしたら大丈夫な気がしてきた。

「不思議だな」

彼とは再会して間もないのに、気づいたら京之介君のことばかり考えている。告白されたから？　だからこんなにも気になって仕方がないのだろうか。

考えても答えなど出るはずがなく、頭を悩ませる。気づけば二十三時になろうとしていた。

「早く寝ないと」

面接は十時からだけれど、身支度や心の準備をする時間が必要だ。

アラームを設定し、明かりを消して眠りに就《つ》いた。

次の日。クリーニングに出しておいたスーツに袖《そで》を通して、洗面台でメイクを施《ほどこ》していく。ベースメイクが終わったら、昔から友達に羨《うらや》ましがられていた大きな猫目に、ブラウンのアイシャドウを薄く塗り、マスカラを付ける。

チークで血色をよく見せて最後に薄ピンクの口紅を塗った。

背中まである長い黒髪は後ろでひとつに束ねて、鏡に映る自分と向き合い、拳《こぶし》をギュッと握りしめて気合いを入れる。

「よし！」

洗面所を出てリビングに向かうと、両親は先に朝食を食べていた。

「おはよう、梅乃」

「いよいよ今日だな、面接」

「うん」

キッチンで自分の分のご飯と味噌汁をよそい、テーブルに並べる。両手を合わせて母が作ってくれた玉子焼きに箸《はし》を伸ばした。

「それにしても、まさかあの京之介君が社長になっていたとはびっくりだな」

しみじみと話す父の隣で、母はニヤリと笑った。

「梅乃がいきなり仕事を辞めたと聞いた時は心配したけど、縁はあるものね。梅乃だってちょっとは感じているんじゃない？　再会したのは運命かもしれないって」

「なに？　ちょっと待て梅乃。まさか京之介君とはそういう関係なのか⁉」

冗談交じりに言う母の言葉を真に受けた父は、ギョッとして私を見た。

「なに言って……！　お母さんってば変なことを言わないでよ」

「変なことじゃないでしょ？　だって京之介君は梅乃の初恋だったんでしょ？」

初恋って……私、そんなこと一言も言っていないよね？

自分のことを言われているのにぽかんとなる私を他所《よそ》に、父は勢いよく立ち上がった。

「初恋ってどういうことだ!?」

「あなた落ち着いて」

父の腕を引いて椅子《いす》に座らせた後、母は続ける。

「京之介君の家のことが広まっても、梅乃はみんなと同じように京之介君を避けたくないって言ったことを覚えている？」

「うん」

「その姿を見てね、あぁ、梅乃はその男の子のことが好きなんだなって思ったの。だって梅乃ってば京之介君のことを嬉しそうに話すんだもの。あれはまさに恋する乙女だったわよ」

嘘、本当に？　初恋は三井さんだとばかり思っていたのに違ったの？

もしかして京之介君にとっての初恋が私のように、私にとっても京之介君が初恋だったのだろうか。

あの頃は優しい京之介君が家のことだけを理由に避けられているのが許せなくて、私だけはなにがあってもそばを離れたくないって思った。

それは友情からくる感情だと思っていたけれど、恋愛感情が入っていたのだろうか。

呆然《ぼうぜん》となる中、父は「おい、まさか再会していきなり京之介君とそういう関係になったりしていないよな⁉」なんて聞いてきた。

「そんなわけないでしょ？」

とはいうものの、ここで再会したその日に告白されたと言ったら父が大騒ぎしそうだし、母は母でさらに私をからかってきそうだから黙っておこう。

「もし、面接に通って京之介君の会社で働くようになったら、ふたりの仲はどうなるかわからないわよ」

火に油を注ぐ如《ごと》く母が言った一言に父は過剰に反応する。

「梅乃、何度も言っているが父さんの会社で働いてもいいんだぞ？　ちょうど事務員の空きがあるんだ」

「お父さんが身内贔屓《びいき》したって言われたくないから断ったでしょ？」

「それはそうだが……」

父は大手の家電メーカーに勤めており、本社で人事部長に就いている。そんな父の娘が入ったらなんて言われるか……。

父の気持ちはありがたいけれど、提案されるたびに断っている。

「ん？　身内贔屓なら京之介君の会社だって同じじゃないか？　京之介君は社長なん

だろう？」

「そこはちゃんと口止めしてもらっているから大丈夫。それよりお父さん、時間大丈夫？」

時刻は七時半を回ったところ。いつもだったら父が家を出る時間だ。

「大丈夫じゃない！」

慌てて残りのご飯をかきこみ、父は「なにかあったら、すぐに言うんだからな」と念を押しながら慌ただしく出ていった。

「まったく、お父さんってばあれで梅乃が結婚相手を連れてきたら、どうなっちゃうのかしら」

「本当だよね」

もちろんそんな相手はいないけれど、結婚願望はある。三井さんとだって本気で結婚を夢見ていたのだから。

「話は戻るけど京之介君、おうちの家業から抜けて起業するなんてすごいじゃない。そんな京之介君が相手なら、お母さんは反対しませんからね」

「……だから違うって言ってるでしょ？」

「今後はわからないじゃない。梅乃には一度も彼氏を紹介されたことがないんだもの。

いくらあなたの人生だからといっても、親としては心配なのよ。一緒になりたいと思える相手ができたら、ちゃんと紹介しなさいよ」

「うん……」

両親には会社を辞めた理由を話していなかった。三井さんのことも当然言っていない。

理由が理由だけに言えないのもあるし、両親とも昔から私の気持ちを尊重してくれて、大切に想ってくれている。

その気持ちが痛いほど伝わってくるから言えるはずがなかった。もちろんこの先もずっと話すつもりはない。

「まぁ、今は恋愛よりも仕事が優先ね。まずは今日の面接頑張ってきなさい。京之介君の会社ですもの、従業員もみんないい人だと思うわ。だから緊張せずにね」

「ありがとう」

前の職場だって悪い人なんていなかった。ただ、話しかけられてもうまく話せなかった私のせい。

それに交際していた三井さんさえいればいいと思っていたところもある。もし声をかけられた時にしっかりと答えることができて、自分からも話しかけることができていたら、三井さんが専務の娘と付き合っていたことも知ることができて、早くに恋心を消すことができたかもしれない。

そうしたら今でもあの会社で働き続けていて、悠里のような気を許せる友人ができていた可能性もあると思うと、今度こそは後悔したくないな。

そのためにもまずは面接に集中しないと。そして就職することができたなら、職場の人と仲良くなれるよう努力しよう。新しい環境で自分も成長したい。

母とともに朝食を済ませて、早めに家を出た。

「ここだよね？」

地図アプリを頼りにやって来たのは、京之介君が社長を務めるアプリ会社、〝グランディール〟のオフィスが入る地上四十五階、地下三階のビル。

グランディールのオフィスは三十五階から三十八階で、面接場所がある会議室は三十八階だ。

オフィス用のエレベーターに乗り、三十八階に向かう途中で京之介君に名刺をもらって彼の会社の名前の意味を調べた日のことを思い出した。

グランディールとは、〝成長する〟という意味だそう。それを知って私も彼の会社で成長できたら……と思ってしまった。

三十八階に着き扉が開くと、すぐ目の前に三十代後半から四十代くらいの男性が立っていた。

びっくりしてエレベーターから降りずに立ち尽くす私に対し、男性はにっこりと微笑んだ。

「初めまして。羽田様を会議室までご案内するよう、社長より承《うけたまわ》りました。秘書の矢口保《やぐちたもつ》と申します」

秘書ということは、私のことを人事にかけ合ってくれた人ってことだよね？

「は、初めまして！　……あの、この度《たび》は本当にありがとうございました」

緊張しながらもお礼の言葉を伝えると、矢口さんは目を細めた。

「とんでもございません。実際に経理事務を募集しておりましたから、人事も大変喜んでおります」

京之介君と同じくらい背が高い矢口さんは、意外にも人当たりがやわらかで、笑顔が素敵《すてき》な人だ。彼の笑顔を見ているとつられて私も笑顔になる。

エレベーターから降りたら、矢口さんが一歩私との距離を縮めた。

「リラックスして面接に挑んでください」

「ありがとうございます」

矢口さんとは今日が初対面なのに、いつもより緊張していない。それは彼のこの安心させてくれる笑顔のおかげなのかも。

そんなことを考えていると、矢口さんは私の耳に顔を寄せた。

「しかし採用となった際は……くれぐれも社長とわたしの過去を口外《こうがい》なさいませんようお願い申し上げます」

「えっ？」

素早く矢口さんは私から離れると、にっこりと微笑んだ。

えっと……『社長とわたしの過去』というのは、極道の世界にいたってことだよね？　つまりこんなにも笑顔が素敵な矢口さんも元極道ってこと？

信じられなくて矢口さんを凝視してしまう。

「では、会議室へまいりましょう。面接を担当する人事の者が待機しております」

「あ……は、はい」

先に歩き始めた矢口さんの後を慌てて追いかけた。

「社長は自ら案内したいとおっしゃっていたのですが、それではわたしから人事に羽田様のことをかけ合った意味がないと説得しました。それに本日は取引先とリモート会議がありましたから。まぁ、最後まで自分が案内したいと拗《す》ねておられましたが」

「拗ねていたんですか？」

京之介君のそんな姿は想像できなくて聞き返してしまうと、矢口さんは大きく頷いた。

「ええ、二十八歳になっても意外と子供っぽいところがあるんですよ。まぁ、幼い頃から社長を見てきたわたしからすれば、いつまで経《た》っても子供のままです」

矢口さんは、どこか懐《なつ》かしそうに話す。

京之介君と一緒に極道の世界から抜けたとすれば、きっと矢口さんは京之介君のことを大切に思っているのだろう。でなければ、なかなかできないことだ。

「これからなにかとご迷惑をかけることになるかと思いますが、どうか社長のおそばについていてさしあげてください」

「えっ？」

意味深《いみしん》なことを言った矢口さんは、あるドアの前で足を止めた。

「こちらが面接会場となります。わたしはここで失礼します」

「ありがとうございました」

丁寧に頭を下げた彼につられて私も深々と頭を下げると、矢口さんは踵《きびす》を返して戻っていった。

さっきのはどういう意味だろう。京之介君が私に迷惑をかけることなどある？　むしろ迷惑をかけているのは私のほうなのに。

面接で落ちたら京之介君に顔向けできない。ドアの前で深く深呼吸をして、ドアを三回ノックした。

返事が聞こえたらドアを開けようとしたものの、それより先に中からドアが開いた。

「お待ちしておりました、どうぞこちらへ」

ドアの先にいたのは、三十代くらいの男性と女性だった。

一般的にいえば、面接に来た私がドアを開けて室内に入るところ。面接官のふたりは座って待っているものじゃないのかな？

そう思いながらも、低姿勢で招き入れてくれるふたりに「すみません、ありがとうございます」と言って室内に入った。

「どうぞおかけください」

「はい、失礼します」

テーブルを挟んでふたりと向かい合って座り、いよいよ面接が始まる。ちゃんと受け答えできるかと不安になる中、女性は意外な言葉を口にした。

「では、就業開始日はいつにしましょうか」

「……え」

思いがけない提案にキョトンとなる。

「えっと……本日は面接に伺《うかが》ったのですが……」

困惑しながら聞くと、ふたりは口々に話し出した。

「事前に履歴書《りれきしょ》を拝見しましたが、大手企業での経理事務経験が五年以上あるんですよね？　即戦力としてぜひうちで働いてほしいです」

「そうですよ、うちの会社はまだ創設されて十年未満で経験者が少ないんです。だから羽田さんの話をしたら、経理担当者も早く働いてほしいと言っていました。なにより！　あの矢口秘書の推薦《すいせん》ですから」

「矢口秘書のお知り合いなら面接も必要ないと言ったんですけど、一応形式上は行ってほしいということで足を運んでいただいたんです。うちとしては明日からでも来てほしいのですがいかがですか？」

まさかの展開に頭がついていかない。

矢口さんに対しての、この絶対的な信頼はいったいなんだろう。それほどこの会社での矢口さんの影響力は大きいってことだよね。

「ちょっと先輩、焦りすぎです。まずは雇用形態を説明してからだと思います。羽田さん、雇用条件についてご説明させていただいてもよろしいでしょうか？」

「は、はいっ」

ふたりから改めて会社の概要から業績に始まり、就業時間や賃金、最初は十人しかいなかった社員が、今は三百名近くいることなど説明してもらい、あれよあれよという間に採用が決まってしまった。

「それでは、週明けの月曜日から就業開始ということでよろしくお願いします」

「こちらこそよろしくお願いします」

面接もなしに採用してもらうことになったけれど、本当にいいのかな？

「あの、すみません」

「はい、なんでしょうか。あ、説明が足りなかったですか？　わからないこと、気になる点は遠慮なくおっしゃってください」

どこまでも親切なふたりに慌てて手を振った。

「いいえ、丁寧に説明していただいたので大丈夫です。ただ、その……本当にこのようなかたちで採用していただいても大丈夫なのでしょうか？　矢口さんの知り合いということで社員の方に反感を買ったりしませんか？」

社長の京之介君の紹介だと知られなければ大丈夫だと思っていた。だけどまさか秘書である矢口さんの影響力がここまで大きいとは……。

コネで入社したと思われて、みんなから避けられる可能性もある。それが心配で聞いたところ、ふたりは目を瞬《またた》かせた。

「反感って……そんなことは絶対にあり得ませんから大丈夫です！」

「そうですよ、反感どころか崇拝されます！　あの社長に唯一立ち向かえる矢口秘書の紹介なんですから」

「あの社長、ですか？」

つまり京之介君のことだよね？　どういうこと？　京之介君に唯一立ち向かえる人って。

頭にハテナマークが浮かぶ私にふたりは神妙《しんみょう》な面持ちで口を開いた。

「働き始めたらわかることですので、今のうちにお話ししておきますね」

「うちの社長、五年で上場《じょうじょう》して会社を急成長させた、若き天才経営者とメディアではよく取り上げられているんですけど、とにかく氷のように冷たいお人なんです」

「えっ？」

氷のように冷たい？　あの京之介君が？

信じられなくてますます困惑してしまう。

「社内ではほとんど顔を合わせる機会はないと思いますが、できるだけ近づかないことをおすすめします。目が合っただけで恐怖に震えますから」

「そうそう。挨拶《あいさつ》しても『ん』しか言わないんですよ？　会議では重要なことしか話しませんし、笑ったところを誰も見たことがないんです。それに妥協《だきょう》は許さない人で、開発部は無理難題《むりなんだい》を突きつけられて、毎回泣いています」

ふたりの話を聞いて、ますます信じられなくなる。だって京之介君は優しくてよく笑う人だ。

もしかして私、会社を間違えたとか？

いや、でも矢口さんは京之介君のことを知っていたし、間違っていないはず。じゃあなぜ私が知っている京之介君と、ふたりが話す彼の姿がこんなにも違うのだろうか。

「あ、決してパワハラするような方ではないですからね！」

「筋は通っていますし。ただ、ちょっと怖いっていうだけです。経理でしたら社長と関わることもないので、安心してください」

なにも言わない私を怖がっていると勘違いしたようで、ふたりは必死に弁解してきた。

「どうか『やっぱり働かない』とは言わないでください。矢口秘書と経理から怒られてしまいます」

「とんでもありません。あの、来週からよろしくお願いします」

私の話を聞いたふたりは、パッと笑顔になって「こちらこそです」と声をハモらせた。

採用してくれたからには、精いっぱい頑張りたい。

それに京之介君が会社では冷たい態度をとっているのにも、経営者としてなにか意味があるのかもしれない。

そこも含めて働きながら京之介君がどんな人なのか、もっと知っていきたいな。

働くにあたって細かな注意点を受け、最後に社内を案内してもらうことになった。

社員のオフィスは三十五階と三十六階。三十六階は主に開発部が使用しており、経理部があるのは三十五階だった。今はお昼前で就業時間中だけれど、堅苦しい雰囲気はなく、自分の席以外の場所で仕事をする人もいたり、カフェスペースでお茶しながらミーティングをする人たちもいたりした。

「在宅勤務の者も多いんです。社内でも在宅勤務と同じくらいリラックスしながら働ける造りになっています」

その言葉通り、窓側にカウンター席があったり、ソファ席があったりと従来のオフィスとは違っている。

だけどその分、誰ものびのびと仕事をしているように見える。

みんないい人そうで、ここでなら私もうまく周りの人たちと関係を築いていけそうな気がしてきた。

「社外の者と会う際はスーツ着用が義務付けられていますが、普段は服装にとくに決まりはありません。羽田さんもお好きな服で出社してください」

「わかりました」

三十八階には面接をした会議室の他に来賓《らいひん》室、社長室に秘書室があると口頭《こうとう》で説明を受けた。次に案内されたのは、三十七階にある社員食堂。管理栄養士が日替わりのメニューを考案しており、サラダバー、フルーツバーまである。

「誰でも無料で食べられるので、お弁当を持参することもないですよ」

「無料ってすごいですね」

「はい、社長の計《はか》らいです。ほぼ全社員利用するため、時間差で休憩《きゅうけい》に入るようにしています」

ちょうど十一時半を過ぎ、多くの社員が食堂にやって来た。

「もうそんな時間なんですね。よろしかったら羽田さんも召し上がっていきませんか？」

「いいんですか？」

「もちろんです。ぜひ会社自慢のランチメニューを召し上がってください」

お言葉に甘えてふたりと一緒に列に並ぼうとした時、食堂の入口が騒がしくなる。

「なんでしょう」

ふたりが小首を傾げる中、「梅乃ちゃん！」と私を呼ぶ声が食堂中に響いた。一瞬にしてシンと静まり返る中、スーツ姿の京之介君が笑顔で駆け寄ってきた。

「え？　しゃ、社長!?　梅乃ちゃんって……えっ？」

「なにあの社長の笑顔！　まさか別人？」

人事のふたりは困惑していて、周りの人たちも驚き固まっているのに気にもせず、京之介君は私の目の前で足を止めた。

「面接お疲れ様。大丈夫だったか？」

「あ……えっと、うん」

周りの目が気になって、しどろもどろになりながらも答える。

みんな京之介君を見てびっくりしているし、ふたりから聞いた話は本当のようだ。

だけどこれ、どうしたらいいの？　すごく注目を集めちゃっているよね。

「社内を案内していると聞いたけど、無事に採用になってよかったよ」

安心した顔を見せた彼に、誰もが視線が釘付けになっている。

「社長！」

少し遅れてやって来た矢口さんが、やけに威圧感のある笑顔を京之介君に向けた。

「わたしは羽田様が仕事に慣れるまで社内ではお声かけしませんようにと、何度も申しましたよね？　それなのに採用が決まった日に声をかけるとは何事ですか」

「心配だったんだ、仕方がないだろ」

素《そ》っ気《け》なく返事をした京之介君に、矢口さんの片眉がピクッと動いた。

「仕方がないじゃありません。働き始める前からこんなに注目を集めては、羽田様の業務に支障《ししょう》が出る可能性もあるんですよ。……羽田様、はっきりと迷惑だとおっしゃってください」

「えっ!?」

いきなり私に矛先《ほこさき》が向けられ、大きな声が出てしまった。

「いいんですよ、『人の気持ちも考えられない京之介君なんて大嫌い』と言っていただいても」

私の声を真似《まね》て言う矢口さんの話を聞き、京之介君は慌て出した。

「悪かった、梅乃ちゃんの気持ちも考えずに先走って。……しばらくは社内で声をかけないようにする。だから嫌いにならないでくれ」

「そんなっ……！　嫌いになんてならないよ」

あまりの落ち込みっぷりにすぐに言えば、彼は胸を撫で下ろした。

「よかった」

「よかったですね、社長。では早く社長室に戻って書類に目を通してください」

「あぁ、わかってる」

すると京之介君は優しい顔で私を見つめた。その表情にドキッとなる。

「あとで連絡する」

「う、うん」

胸の高鳴りを抑えながら返事をすると、彼は矢口さんとともに食堂から出ていった。

その瞬間、人事のふたりに加えて食堂にいた社員たちに囲まれた。

「羽田さん、どういうことですか！　矢口秘書だけではなく社長とも知り合いだったんですか!?」

「あの社長が女性を〝ちゃん〟付け？　で呼ぶなんて衝撃です！」

「社長とはいったいどういう関係なんですか？」

「あんな社長、見たことないですよ。本気で別人かと思いました！」

口々に言われ、私はたじろぐばかりだった。


「疲れた……」

電車に揺られ、最寄《もよ》り駅で降りて自宅に向かう途中に、ついため息交じりに声が漏れてしまう。

みんなに囲まれた後、小学校が同じで幼馴染みなんですと説明したものの、「それにしたって親密そうでしたよ」「付き合っているんですか？」と質問攻めにあってしまった。

そんな状況を予想して、京之介君を社長室に送ってから戻ってきてくれた矢口さんのおかげでその場は収まったけれど、来週から働き始めることに不安が募《つの》る。

京之介君は私のことを心配して声をかけてくれたとわかってはいるけれど、場所が問題だったよね。

あとで連絡するって言っていたし、その時に少し抗議してもいいかな？　今後も同じことをされたら困るもの。

働く前からこんな状態で私、会社の人たちとうまくやっていけるかな。

トボトボと重い足取りで進んでいると、電話がかかってきた。

歩《あゆ》みを止めて端に寄り電話の相手を確認すると京之介君だった。

まさかこんなに早く連絡がくるとは。思わず驚きながら電話に出る。

「もしもし」

『もしもし、梅乃ちゃん？　もう家に着いた？』

「ううん、今電車から降りて家に向かっているところ」

答えながら歩を進めていく。

『そっか。今日はお疲れ様。それとごめん、急に声をかけたりして』

すぐに謝ってきてくれた京之介君に頬が緩む。

『これからは気をつけるよ』

私の気持ちをわかってくれてよかった。

「うん、そうしてね。……正直、働く前から社長の京之介君と知り合いってことがバレて、うまくやっていけるか不安になっちゃったから」

『そうだよな、本当に悪かった。配慮《はいりょ》が足りなかったよ。……梅乃ちゃんが採用になったと聞いて嬉しくてさ、周りが見えなくなっていた』

申し訳なさそうに言われた言葉に、胸がときめく。

『でも、今日で俺たちの関係も周知されたし、誰もいなければ会社でも声をかけてもいいか？』

今度は甘えた声で聞かれ、心臓の動きが一段と速くなる。

『ダメ？』

胸が苦しくてなにも言えずにいると、切なげに聞かれてしまい、どうにか声を絞り出して「いいよ」と答えた。

『よかった。……身内贔屓じゃなく、働いてくれている社員はみんないい奴ばかりだから、梅乃ちゃんもすぐに打ち解けることができると思う。俺と知り合いだからという理由で、距離を取ったり梅乃ちゃんのことを悪く言ったりする奴もいない。だから楽しんで仕事をしてくれたら嬉しい』

今日の状況を思い出すと、周囲からの目がやっぱり気になるけれど、京之介君の言葉を信じてみたい。

それにこれまでの私は、仕事は仕事と割り切り、与えられた業務をこなすだけだった。同僚との関係を深めることをしなかったし、したいとも思わなかった。

でも今日社内を見学させてもらったら、みんな生き生きと仕事をしていて、なにより仲が良さそうだった。

あんな風に、和気あいあいとできたら仕事も楽しいと思えるんだろうな。

「うん、ありがとう。私も京之介君の会社で楽しく仕事がしたいと思ったの。微力《びりょく》ながら会社に貢献できるように頑張るね」

『そう言ってもらえて嬉しいよ。こっちこそありがとう。そうだ、仕事に慣れてきたら、就職祝いをさせてほしい』

「就職祝い？」

『あぁ。純粋に祝いたい気持ちが半分と、早く俺を好きになってほしいという邪《よこしま》な気持ちが半分あるけど』

サラッと言われた言葉に、「えっ」と声が漏れてしまう。すると彼はクスリと笑った。

『言っただろ？　俺でいっぱいにさせてみせるから覚悟してって。……梅乃ちゃんに好きになってもらえる努力をさせてほしい。だから落ち着いたら食事に付き合って』

そんな真っ直ぐな言葉で言われたら、断ることなんてできない。

「うん、わかったよ」

『よかった、約束だからな』

念を押すように言ったところで、電話越しに『社長、お時間です』という矢口さんの声が聞こえてきた。

『悪い、行かないと』

「仕事中にごめんね」

『俺が早く梅乃ちゃんと話がしたかっただけだから気にしないで。また連絡する』

「……うん」

通話を切ったところで自宅に着いた。専業主婦の母は買い物に出ているようでおらず、私はリビングのソファにゆっくりと腰を下ろした。

早くスーツを脱いで着替えるべきだと頭ではわかっているけれど、京之介君のストレートな言葉を思い出すたびに胸が苦しくなる。

「恋なんて、しばらくできないと思っていたのにな」

この胸の高鳴りが恋のはじまりを予感させている。本当に京之介君が苦い恋など忘れさせてくれそうだ。

心臓が落ち着いてから自分の部屋に戻り、スーツを脱いで部屋着に着替えた。そのままクローゼットの中を確認する。

前の職場は制服があったから、毎日洋服に困ることはなかった。でもグランディールは違う。自由でいいって実は一番困ったりする。

「どうしよう、落ち着いた感じの服がいいよね」

　そんな服はクローゼットの中にはなく、私は悠里に助けを求めた。


　日曜日に悠里とともにやって来たのは、近くのショッピングモール。そこで悠里に一緒に選んでもらいながら数着の服を購入した。

「今日は付き合ってくれて本当にありがとう。助かったよ」

「ううん、私も新しい服が欲しかったからちょうどよかった」

　買い物を終えてカフェに入り、お互いアイスカフェオレを注文して一息ついた。

「だけど、本当に採用になってよかったね」

「うん」

「あとは、いい職場だといいね。まぁ、私は梅乃がちょっと勇気を出せば、どんな職場でだってうまくやっていけると思ってるよ。梅乃の良さを知ったらみんな仲良くしたいと思うはずだもん」

「ありがとう」

　さすがに盛りすぎだと思うけれど、それは私を勇気づけるためだとわかるから嬉しい。

「しばらくは一堂と知り合いだと周りにバレないほうがいいね。社長と知り合いってだけで気遣われたり、変に避けられたりする可能性があるし」

「……そうだね」

実はもうバレていて、きっと社内中に広まっている可能性があるとは言いにくい。それに遅かれ早かれ、いつかは知られていたと思う。それなら働き始める前に周知されていたほうが逆にいいのかもしれないと前向きに考えるようにした。

「仕事内容はきっと変わらないだろうし大丈夫、梅乃ならうまくやっていけるよ」

「うん、ありがとう」

前の職場でもっと同僚との関係を深めていたら、恋人には真剣交際している相手がいることを知れたかもしれない。

それに仕事だって仲が良い人がいれば、もっと楽しいと思えただろう。そのような後悔はもう二度としたくない。

「明日から頑張ってね。もしなにか嫌なことやつらいことがあったら、遠慮なく言うこと。強く言っておかないと梅乃はひとりで抱え込んじゃうからね。わかった？」

「はい」

まるで母親のように言う悠里に笑みを零しながら返事をすれば、彼女は満足げに笑った。

「それならよろしい。あと一堂とも進展があったら逐一報告してよ。そこが一番気になるところなんだから」

ニヤニヤする悠里に対し、「なにかあったら言うよ」と言葉を濁した。

京之介君とのやり取りを聞いたら絶対からかわれる。

それにストレートな言葉に、いつもドキドキしちゃっていると話せば、「もう付き合っちゃいなよ」なんて言いそうだ。

まだ自分の気持ちはわからないし、新しい恋は慎重になってしまう。……もう二度とあんな惨《みじ》めで悲しい思いはしたくないもの。

なにより今は恋愛より仕事が優先だ。早く仕事を覚えないと。

それから悠里とゆっくりと過ごし、十六時には別れて家路に就いた。

次の日。ネイビーのブラウスと合わせたのは、クリーム色のロングスカート。

社内を案内してもらった時には、もっとラフな服装の女性がたくさんいたから、問題ないはず。

メイクを施していき、髪は緩く結んでラフなお団子にまとめた。

「変じゃないよね」

鏡に映る自分を見ながら、ひとりごちてしまう。

第一印象は大切だ。少しでもいい印象を持たれたい。

入念にチェックしてリビングへと向かうと、母が朝食の準備をしていた。

「おはよう、梅乃」

「おはよう。手伝うよ」

キッチンに入って手伝おうとしたものの、母に止められてしまった。

「今日は大丈夫。せっかく着替えたのに汚れたら大変でしょ？　それに初日はなにかと疲れるんだから、少しでも体力温存しておかないと」

「そうだぞ、梅乃。父さんが手伝うから、お前はゆっくりテレビでも見ていなさい」

私から遅れて準備を終えた父も入ってくるなり、私の背中をぐいぐいと押す。

「あ、ちょっとお父さん？」

私をソファに座らせると、父はキッチンに入っていく。

「なにをやればいい？」

「じゃあ玉子焼きを切ってもらえる？」

「わかったよ」

父はワイシャツの袖を捲《まく》って包丁を手に取り、玉子焼きを切り始めた。

両親は昔から仲が良くて、こうやってふたり並んでキッチンに立つこともしばしば。そんな両親をずっと見てきたから、結婚に対しての憧れは人一倍大きいかもしれない。

「今日も美味そうだな。ひとつ味見してもいいか？」

「いいわよ」

そう言って母は父に食べさせてあげた。

「ん、美味い」

「それはよかった。お弁当にも入っているわよ」

こうやって娘の前でいちゃつくのも昔からだ。ここで手伝ったりしたら私はお邪魔虫だし、お言葉に甘えてテレビでも見ていよう。

それにいつもと変わらないふたりを見たら、不思議と緊張も解けてきた。

朝食を食べている時も両親は「気を張らずに頑張ってこい」と励ましてくれた。そんなふたりに見送られて私は家を出た。

就業初日ということで、人事から説明したいことがあるから通常の始業開始時刻より、三十分早い八時に来てほしいと言われていた。

この前、面接時に対応してくれた女性からタイムカードにもなっている社内証をもらい、オフィスに案内されて早くに出社していた経理部長に、大まかな仕事の流れなどを聞いた。

そして八時半となり、部署ごとに行われる朝礼の場で私は十名ほどいる経理部の社員の前に立った。

「初めまして、羽田梅乃といいます。えっと……よろしくお願いします」

昨夜、どんな風に挨拶するか何度もシミュレーションしてきたはずなのに、視線を向けられたら頭が真っ白になってしまい、まともな挨拶ができなかった。

もっと言いたいことがあったのに、なにをやっているんだろう。

頭を下げたまままさっそく後悔していると、大きな拍手が送られた。

びっくりして顔を上げると、「ようこそ経理部へ」「これからよろしくお願いします」と言ってくれた。

「あ……こちらこそよろしくお願いします」

部長は四十代くらいだけれど、他は見たところ、大半が私と同年代くらいだろうか。

「羽田さんの席は私の隣ね。あ、私は有賀益美《ありがますみ》っていいます。しばらくは私が教育係としてつくことになったの。わからないことがあったら、遠慮なく聞いてね」

「はい、よろしくお願いします」

それから有賀さんに一通り説明をしてもらったら、あっという間に時間は過ぎていった。

最初は使っている会計ソフトが違うから不安に思ったけれど、有賀さんの説明はすごく丁寧でわかりやすかった。

それに私がメモを取るのを待ってくれて、前の会社ではどんな風にやっていたかなど聞いてくれて。時間が経つにつれて、緊張もしなくなっていった。

「あ、もうお昼だね。羽田さんも社食行く?」

「はい」

「それなら一緒に行きましょう」

ひとりで行くのが不安だったから、誘ってもらえてよかった。

仕事の説明をしながら、有賀さん自身のことも話してくれた。年齢は三十三歳で結婚しており、旦那様は開発部に所属。

二歳になるお子さんがいて、ビル内にある保育所に預けているから定時で上がれる職場でありがたいと言っていた。

社食の使い方を聞きながら、好きなサラダやフルーツを皿に盛り、日替わり定食をカウンターで受け取った。

「席は窓側にしようか。……羽田さん、なにかと時の人だし」

「すみません」

午前中は仕事中だったからか、誰も京之介君や矢口さんとの関係を聞いてくることも、視線を感じることもなかった。

だけど今は休憩中のためか、社食に着くや否や私は一気に注目を集めた。

「みんな気になっていることだし、私も気になるから聞こう。ずばり社長とはどういう関係なの？」

単刀直入に聞いてきた有賀さんに戸惑《とまど》いながらも、前と同じように「小学校の同級生なんです」と答えた。

「本当にそれだけなの？　だってあの社長が羽田さんの前じゃ笑顔だったって言うじゃない？　みんな絶対に社長にとって特別な人だって騒いでいるのよ」

「特別な人って……！　違いますから」

やっぱりそんな誤解が広まっていたんだ。これ以上広まらないように必死に否定した。

だけど有賀さんは納得してくれなくて前のめりになり、声を潜《ひそ》めた。

「他にも社長の片想い説が浮上しているんだけど、それに関してはどうなの？」

「えっ!?」

そんな噂まで流れているの？

事実だけにびっくりして言葉が続かずにいると、それが答えだと悟ったのか有賀さんは姿勢を戻した。

「なるほど、社長の片想いか」

「いや、その……」

今さら否定したところで、確信を持っている有賀さんには通じない気がする。

「フフ、あの社長が片想いしているなんて……。仕事の鬼で恋愛なんて興味ないと思っていたけど、違ったのね。社長も普通の男性だってわかって親近感が湧《わ》いたわ」

有賀さんの言いようから察するに、やはり社内での京之介君は私が知る彼ではないようだ。

「羽田さんの前では社長、よく笑うの？」

「もちろんです。優しいですし、よく笑います」

事実を言ったまでなのに、有賀さんは信じられないと言いたそうに目を瞬かせた。

「あの社長が優しい？　よく笑う？」

「はい」

大きく頷くと、有賀さんは頭を抱えた。

「うーん……だめだ、まったく想像できない。きっとみんな社長の笑顔を見たら逆に怖くなると思うよ」

「そうなんですか？」

「えぇ、とくに旦那がいる開発部は社長と接する機会が一番多いから、社長が笑うなんてあり得ないって言っていたみたい。メディアの取材でも笑わないし、よく〝クールな若き天才〟なんて記事が書かれているくらいなんだから」

そうなんだ。ビジネス雑誌なんて読んだことないから知らなかった。

「でもみんな社長に憧れているし、尊敬もしているの。独学でプログラミングを学んで立ち上げた会社が上場しちゃったんだから。業績もうなぎのぼりだし、福利厚生《ふくりこうせい》も手厚いしね。離職率もかなり低いのよ」

有賀さんの話を聞くと、改めて京之介君ってすごい人なんだって痛感する。

「結婚して出産しても、こうして働くことができているのも社長のおかげだと思っているの。誰もが働きやすい環境にしてくれて感謝しているんだ。それは私だけじゃなくて、会社のみんなも同じだと思う」

そう言うと有賀さんは、再び声を潜めた。

「みんな社長には幸せになってもらいたいと思っているのよ。だから羽田さんの話を聞いて、もし社長の片想いならみんなで応援しようって流れが社内で起きているの」

「……えっ⁉」

なんですか、その流れは。

「だから誰もが事の真相を聞きたくてたまらないのよ。さすがに社長本人に〝片想いなら、全力で応援しますよ〟なんて言えないからね」

有賀さんは姿勢を戻して、こちらの様子を窺っている周りに目を向けた。

「みんな、予想は大当たりだったよ。やっぱり社長の片想いみたい」

「あ、有賀さん……⁉」

大きな声でとんでもないことを言い出した彼女にギョッとなる。

「やっぱり！」

「あの社長が笑いかける相手なら、そうだと思ったんだ」

「さっそく社長応援隊を結成しないとだな」

あっという間に私たちは多くの社員に囲まれてしまった。すると有賀さんは私を見て目を細めた。

「安心して、私たちで勝手に社長の恋を応援するだけで、決して羽田さんに無理強《じ》いをするつもりはないから」

「そうそう。ただ、社長のいいところはバンバン言っちゃうかもしれないけど」

「社長のおすすめポイントもね」

口々に言われてしまい、非常に困る。

だけどそれと同時に京之介君がどれだけみんなに好かれているのかがわかって、なぜか自分のことのように嬉しくなってしまった。

「羽田さん、これから社長応援隊に会うたびに、社長を猛烈プッシュされることを覚悟しておくことね。あ、もちろん私もそのうちのひとりだから」

無理強いするつもりはないと言っていたけれど、そんな頻繁に京之介君の話をされたらプレッシャーを感じてしまいそう。

でも今、私、普通に話せているよね？　いつもだったらこんなに大勢の人に囲まれたら萎縮《いしゅく》しちゃって人の話を聞く余裕すらなくなっていたはずなのに。

それはきっと有賀さんをはじめ、みんなフレンドリーに話しかけてくれるからだろうか。

「あぁ～だけど社長と矢口さんで妄想《もうそう》していた私としては、ちょっぴり残念ではあるなぁ」

「わかる！　ふたりとも浮いた話がないから、本気でデキていると思っていたもんね」

「そうそう。ふたり一緒にいるところを見て妄想が現実になればいいのにと思っていたし」

一部の女性社員たちが残念そうに大きな声で話すものだから、私にもしっかりと聞こえてしまった。

すると有賀さんは複雑そうな表情で「そういう噂もあったの」と教えてくれた。

「ふたりとも怖いくらい顔が整っているでしょ？　それなのに女性の影がまったくないし、この会社はふたりで立ち上げたものだから、デキているんじゃないかって一部の女性社員の間では盛り上がりを見せていたわけ。それも、羽田さんが現れて儚《はかな》い妄想に終わったようだけど」

なんて言ったらいいかわからず、「そうなんですね」と答えた。

「社長の恋を応援したり、会社のトップふたりで妄想したりと楽しい会社でしょ？」

「……はい」

前の会社では、同じ部署や同期といった繋がりがない限り、社員同士でも言葉を交わすことはほとんどなかった。

でもここは違う。部署は関係なくみんなの仲が良いように見える。

「こんな楽しい会社を作った社長って素晴らしいと思わない？」

さっそく京之介君をプッシュしてきた有賀さんに、クスリと笑みが零れた。

「言ったでしょ？　私もそのうちのひとりだって」

得意げに言う有賀さんに、私はまた笑ってしまった。


昼休み後は有賀さんに社内を案内してもらった。

「経理部が一番関わらなくちゃいけないのが、営業部かな？　あの人たち、忙しいを理由にして期日までに領収書を出さないことが多いから」

そういえば前の会社でもよく月末ギリギリに持ってきたり、月明けにどうにかならないかと泣きつかれたりしたことがあった。それはどこの会社も同じようだ。

「新しい子が入ると、みんなその子に無理難題を押し付けてくるのよ。だけど社内の規定では月末までに提出されなかった領収書は受理《じゅり》しなくていいことになっているから、どんなに泣きつかれても受け取らなくて大丈夫」

「わかりました」

オフィスは部署ごとに仕切られているわけではなく、ワンフロアになっている。

休憩スペースや打ち合わせに使用するスペースは共有。だからみんな自然と顔見知りになり、部署は関係なく交流が広がると有賀さんは言う。

「営業部でとくに領収書を毎回遅れて出す要注意人物を紹介しようと思ったけど……あらあら、ちょうど社長と打ち合わせ中みたいね」

「えっ？　あっ」

有賀さんは勢いよく私の手を掴《つか》むと、ガラス張りの打ち合わせスペースの死角に身を潜めた。

「見て、羽田さん」

言われるがまま彼女の指差す方向に目を向ければ、真剣な表情で打ち合わせをする京之介君の姿があった。

タブレットを見ながら、なにか指示を出しているようだ。

営業部の人たちに厳しい目を向けるその姿は、私の知る京之介君ではない。

「あんな社長の姿、初めて見た？」

「……はい」

私の中の京之介君はいつも笑っていて、笑顔が似合う優しい人だ。

「本当に社長ってば、羽田さんの前では別人なのね。……私たちの知る社長は、いつもあんな感じよ。眉間に皺《きざ》を刻んでいることも多いし、初対面の人にはよく怒っているって勘違いされるしね。メディアがいうようにクールともとれるけど、実際は怖いっていう言葉がぴったりだと思う」

たしかに、打ち合わせをしている京之介君は怒っているように見えるし怖くもある。

「だけどね、それには理由があるの」

「理由、ですか？」

聞き返すと、有賀さんは旦那さんから聞いたという話を教えてくれた。

「旦那の上司が創設当初からいるんだけど、その時から社長は自分にはもちろん、他人にも厳しい人だったみたい。その理由を上司が酒の場で聞いてみたらね、社長がこう言ったんだって」

そう言うと有賀さんは、周囲に人がいないことを確認して声を潜めた。

「どの組織にも、嫌われ者が必要だからだって」

嫌われ者……？　それってどういう意味だろう。

知りたくて口を挟むことなく有賀さんの話に耳を傾けた。

「みんなの仲が良いことはいいことだけど、それじゃ〝なあなあの関係〟になってしまうでしょ？　それを防ぐためにも、誰かひとり〝嫌われ役〟が必要だと思ったんだって。自分がその役を担《にな》うことでチーム力が増し、会社としても成長できるはずだからって」

京之介君の会社に対する想いを聞き、胸が熱くなる。

「社長はお酒の席でついポロッと漏らしちゃったみたいだけど、それを聞いた上司は感銘《かんめい》を受けてね。すっかり社内中に広まっちゃったってわけ。だからみんな社長のことを尊敬しているし、期待に応えたいって思っているのよ」

面接の時からすごく雰囲気がいいと思っていたけれど、話を聞いてますます素敵な会社だって思う。

「そんな社長の努力を無駄にしないよう、私たちは社長のことを怖がっているように振る舞っているから、社長の気持ちを知っていることは内緒にしてね」

人差し指を立てて言う有賀さんに、「わかりました」と伝えた口もとは自然と緩む。

「本音《ほんね》を言えば、打ち合わせの場に突入して社長の反応を見てみたいところだけど、さすがにまずいから我慢しましょう」

「も、もちろんですよ……っ」

あんな重要なことを話しているような場所に入って行けるわけがない。

全力で拒否すると、有賀さんはクスリと笑った。

「じゃあ次に行こうか」

「はい」

その後も様々な部署を回って有賀さんに紹介してもらうと、誰もが好意的に接してくれて、これから毎日ここで働くのが楽しみになった。


定時で仕事を終えて帰宅し、夕食を食べて入浴を済ませると一気に疲労感に襲われた。

間違いなく緊張疲れだ。

それがお風呂《ふろ》に入ったことで一気に緊張の糸が切れたのかも。

「だけど、あの会社でならうまくやっていけそう」

ベッドに仰向けになって目を瞑《つむ》ると、今日の出来事が脳裏に浮かぶ。

今日は本当に色々なことがあった。一日で京之介君のことをたくさん知ることもできたよね。だけどもっと私の知らない京之介君がいるんだろうな。

「そうだよ、私……一堂組にいた時の京之介君を知らないもの」

出会った頃の京之介君と、再会するまでの京之介君。そして今の京之介君をもっともっと知りたい。

次第に瞼《まぶた》が重くなり、京之介君からメッセージが届いているかどうかを確認することもなく私はそのまま眠りに就いた。

猛攻溺愛に困惑する日々

グランディールに転職して、一ヵ月が過ぎた。春から夏に向かって気温が上昇し、そろそろ半袖の出番になった頃。

「梅乃ちゃん、取引先への請求書作成ってもう終わってる？」

「はい、できてます」

答えると、有賀さんが隣の席から私のパソコンを覗《のぞ》き込んできた。

「本当だ。さすが梅乃ちゃん！　じゃあ午後は一緒に銀行に行こうか」

「よろしくお願いします」

仕事にもだいぶ慣れてきて、有賀さんをはじめ、会社の人たちともすっかり打ち解けることができている。

「梅乃ちゃんも珈琲どうぞ」

同僚が自分の分を淹れるついでに淹れたという珈琲を配っていて、私にも渡してくれた。

「すみません、ありがとうございます」

「どういたしまして」

前の会社では新人時代、私がみんなの分を淹れたことはあっても、誰かに淹れてもらったことはなかった。

だからこういう些細なやり取りにさえ嬉しさを感じてしまう。

「んー、誰かに淹れてもらう珈琲って格別に美味しい」

一息ついて飲む有賀さんに、激しく同意する。自分で淹れるよりも誰かに淹れてもらった珈琲のほうが、特別美味しく感じるよ。

「有賀さん、梅乃ちゃんもチョコレートどうぞ」

「わーい、ありがとう」

「ありがとうございます」

今度はチョコレートをおすそ分けしてもらい、みんな仕事の手を止めて珈琲とチョコレートで一休み。

「それにしても、すっかり社内で〝梅乃ちゃん〟呼びが定着しちゃったね」

何気なしに言った有賀さんに、みんな過剰に反応した。

「そりゃそうでしょ！　社長が〝梅乃ちゃん〟って呼んでいるんだもん」

「それを聞かされている私たちも、いつの間にか〝羽田さん〟から〝梅乃ちゃん〟になっちゃったね」

そうなのだ。京之介君は時間が合えば昼食を一緒に食べようと誘いに経理部に来ている。最初はみんなに注目されちゃって困り果てたけれど、京之介君なりに私を気遣ってくれていたのだ。

有賀さんをはじめ、経理部の人も一緒に食べようと声をかけてくれた。それは経理部だけにとどまらず、営業部や開発部、人事部など日ごとに違う部署の人も誘い、私を紹介してくれている。

その席でいつものように京之介君が私のことを「梅乃ちゃん」と呼ぶものだから、今ではみんなからそう呼ばれている。

「社長、今日は来るかな？」

「どうだろう。でも朝見かけたし、外出していなければ間違いなく梅乃ちゃんを誘いに来るでしょう」

そう言うとみんな私を見て、ニヤニヤし始める。

「ねぇねぇ、梅乃ちゃん。そろそろ社長の想いに応える気になった？」

「……なっていません」

気まずく思いながらも答えると、さらにみんな生温かい目を向けてきた。

「えぇー、その間《ま》が気になるんだけど。ちょっとは社長に対する気持ちが芽生えていると思ってもいいの？」

「絶対そうでしょ。社長にあ～んな甘い顔をされたら、私でもコロッと惚《ほ》れちゃいそうだもの」

「わかるー！　堅物《かたぶつ》が見せる笑顔って破壊力抜群よね」

私そっちのけで盛り上がり始めたから胸を撫で下ろし、珈琲を飲み干した。

自分の気持ちは正直まだよくわからないけれど、京之介君はいつもストレートに想いを伝えてくれるから、そのたびに私はドキドキさせられている。

毎日必ずメッセージか電話をくれるんだけれど、他愛ない話をしていたのに急に「好きだよ」って言う時がある。

不意打ちは心臓に悪い。メッセージならまだしも、電話で話している時に言われると本当に心臓が止まりそうになるのだから。

だけど毎日のように愛の言葉を囁かれていると、次第に私も彼の気持ちに応えたいって思うようにもなっていた。

「よし、美味しい珈琲とチョコレート、さらに楽しい話でやる気をチャージしたところで再開しようか」

有賀さんの一言にみんな賛同し、それぞれ仕事を再開させた。

グランディールでは、時間差で休憩に入ることになっている。十一時半、十二時、十二時半と三つに分かれており、ローテーションで回っている。

「梅乃ちゃん、キリがいいところで終わりにしてご飯食べに行こう」

「はい」

今日の私と有賀さんの休憩時間は十二時。三分前に有賀さんに声をかけられ、作成していた請求書を保存した。

「終わった？」

「はい、お待たせしました」

席を立ち、有賀さんとともに、残っている同僚に「休憩入ります」と伝えてオフィスを後にした。

「今日は社長来なかったね。忙しいのかな？」

「そうかもしれません」

昨夜、電話で話した時に『明日は会議が立て込んでいる』って言っていたし。

社食に着くと、すでに半分以上の席が埋まっていた。十二時の休憩だといつも混雑している。

定食を受け取り、サラダバーで好きな野菜を皿に盛りつけ、ドレッシングはなににするか悩んでしまう。

定番のごまに和風、フレンチの他に今日は野菜ドレッシングがあった。野菜ドレッシングは初めて見たし、試してみたい。

野菜にドレッシングをかけ終えた時。

「俺も同じにしよう」

そう言って私と同じ野菜ドレッシングをかけたのは京之介君だ。

「び、っくりした。いつの間に……？」

突然現れた彼に驚きを隠せずにいる中、さっきまで隣にいたはずの有賀さんがいないことに気づく。

周囲を見回すとすでに近くの席に座り、私に向かって口を動かした。おそらく「ごゆっくりどうぞ」な気がする。

「少し前から隣にいたんだけど梅乃ちゃん、真剣にドレッシングで悩んでいたから声をかけるにかけられなくてさ」

「フフッ」と笑いながら言われ、顔が熱くなる。

「声、かけてくれてもよかったのに」

「悩む姿が可愛かったから声がかけられなかったんだ」

付け足して言われた一言に、ますます顔が熱くなってしまう。

余裕たっぷりの笑顔の京之介君が恨《うら》めしくなり、ジロリと睨む。しかし彼はますます嬉しそうに目を細めた。

「その顔も可愛いからやめてくれ。胸がいっぱいで飯《めし》が食べられなくなる」

「なっ……！」

聞いたこっちが恥ずかしくなる言葉に、言葉が続かない。周囲にいた社員も気まずそうにわざと咳払いをしたり、「お邪魔しました」なんて言ったりして私たちから離れていった。

「もう、会社ではそういうことを言わないでほしい」

「そういうことって？」

恥ずかしくて空いている席に向かった私の後を追いながら、京之介君はすかさず聞いてきた。

「だからさっきみたいなこと」

「どんな言葉？」

「……っ」

足を止めて彼を見れば、意地悪な顔で私を見つめていた。

これ、絶対からかわれているよね？

なにを言っても口では勝てない気がして、それ以上はなにも言わずに席に着く。

「ごめん、怒った？」

すぐに京之介君も隣の席に座り、私の顔色を窺う。

「怒っているように見える？」

「見える」

「それはどうして？」

間髪《かんぱつ》を容《い》れずに尋ねると、彼は「梅乃ちゃんの反応が可愛くて、俺が意地悪をしたから」なんて言う。

「もう、また……」

京之介君を見れば、まるでいたずらをした後の子供のように、わくわくしながら私の様子を窺っているものだから途中で言葉を止めた。

「いただきます」

答えることなく手を合わせて食べ始めた。すると京之介君も「少し意地悪だったな、ごめん」と言って手を合わせた。

ふと、周囲を見ればみんな気遣ってか私たちの周りに座ろうとしない。生温かい視線もひしひしと感じる。

これがすっかり日常と化しているわけだけれど、最初は戸惑ってばかりいた私とは違い、京之介君はいっさい気にする素振《そぶ》りはなかった。それは今もだ。

私はとにかく恥ずかしくてたまらなかったのに……。でも慣れとは恐ろしいもので、今はそれほど気にならなくなった。

それに京之介君が日替わりで色々な人を紹介してくれたのもあるけれど、彼のことがきっかけで経理部だけではなく、会社の人たちみんなから気軽に声をかけてもらえている。

そこから話が広がり、顔見知りも増えた。そう思うと京之介君には感謝せずにはいられない。

「そうだ、急なんだけど明日の夜って空いてる？」

「明日？　空いてるけど……」

誰かと会う約束はしていないし、まだ半人前の私に残業してまでする業務もない。

「よかった。じゃあ明日、仕事が終わったら食事に行こう。……約束していた就職祝いをさせて」

そうだ、落ち着いたら食事に行こうって約束していたよね。

「ありがとう。じゃあお言葉に甘えてお願いします」

なんて言ったらいいのか戸惑い、つい敬語になってしまうと京之介君はクスクスと笑った。

「はい、こちらこそよろしくお願いします」

私を真似て返事をした京之介君は嬉しそうに目を細める。甘い表情で見つめられると、胸が苦しくなってすごく居心地が悪くなってしまう。

「えっと……どこに連れていってくれるの？」

甘い瞳に耐え切れなくなり口を開くと、京之介君は「それはお楽しみ」と言って教えてくれなかった。

「仕事が終わったら社長室に来てくれ。矢口には言っておくから」

「うん、わかった」

京之介君と再会してから、喫茶店でお茶したことはあったけれど、食事に行くのは初めてだ。そう思うと緊張するし楽しみな自分がいた。

社食を出て京之介君と別れると、すぐに有賀さんが隣にやって来た。

「今日も社長と梅乃ちゃん、すごくいい雰囲気だったね。それと聞こえてきたよ～。

明日、社長とデートなら絶対に梅乃ちゃんを定時で上げないとだ」

「デート……なのでしょうか？」

就職祝いってことになっているけれど、そっか。ふたりで出かけるってことはデートでもあるんだ。

「もちろんデートでしょ！　みんなにも明日は経理部一丸《いちがん》となって梅乃ちゃんを定時で上がらせるよう伝えないと」

「えっ!?　ちょ、ちょっと有賀さん？」

ギョッとする私を他所に意気揚々《いきようよう》と戻った有賀さんは、さっそくみんなに私が明日の夜に京之介君と食事に行くことを伝えてしまった。


次の日、定時になると盛大にみんなに見送られて向かった先は社長室。中に入るのは初めてだ。

ドアを数回ノックすると、すぐに矢口さんが返事をして開けてくれた。

「お疲れ様でした。どうぞお入りください」

「ありがとうございます」

足を踏み入れてすぐにあったのは矢口さんのデスク。その横のドアにはキチネットと書かれている。矢口さんのデスクの反対側には革張りのソファが二つとテーブルがあり、その奥にあるドアの先が京之介君のいる部屋のようだ。

「申し訳ございません、社長は今、海外の配信会社とリモート会議中でして、こちらでお待ちいただけますでしょうか？」

「はい、わかりました」

革張りのソファに座るように促《うなが》すと、矢口さんはキチネットに向かう。そして数分後には珈琲とクッキーを運んできた。

「どうぞお召し上がりになってお待ちください」

「すみません、ありがとうございます」

なんだか気を遣《つか》わせてしまって申し訳ない。

恐縮しながらカップを手にすると、矢口さんは私と向かい合うかたちでソファに腰を下ろした。

「会議が思いのほか長引いてしまい、あと少しお時間がかかるかと思います。……この機会にいくつかご質問させていただいてもよろしいでしょうか？」

「は、はい」

急に改まって言われて緊張が走る。そういえばこうして矢口さんと面と向かって話すのは、面接の日に会場まで案内してもらって以来だ。

普段の京之介君と矢口さんの立ち居振る舞い《たいふるまい》を見ていると忘れそうになるけれど、ふたりは元極道だった。

こうして面と向かって座り、真正面で見つめられると笑顔の奥に鋭い目が光って見えて、恐怖心を覚える。

「あぁ、すみません。この目が怖がらせてしまいましたね。梅乃ちゃんはわたしと若の事情を知っていると思うとつい意識が緩んでしまい……。失礼しました」

表情を引き締めていつもの優しい笑顔を向けた矢口さんに、困惑してしまう。

えっと、さっき矢口さん私のことを〝梅乃ちゃん〟って呼んだよね？　それにいつもの笑顔は意識して作り上げていたものなの？

どっちから聞けばいいのか迷う中、矢口さんはクスリと笑った。

「重ね重ね《かさがさ》失礼しました。若の想い人に対して『梅乃ちゃん』は軽率《けいそつ》でしたね。社内の者がそう呼んでいるので、つい……。この場に若がいたら半殺しにされていたかもしれません」

笑顔でサラッととんでもないことを言う矢口さんに、大きく目を見開いた。

「もしかして梅乃ちゃんは、若はそんなことをする人ではないと思っていますか？

それは大きな誤解ですよ。あぁ見えて若は気に入らない人物に対しては容赦《ようしゃ》ないですから。もちろん若は梅乃ちゃんの前では、いっさいそんな自分を見せないと思いますが」

ちょっぴり棘《とげ》のある言い方に疑問を抱く。

矢口さんはどうして私にこんな話をしているのだろうか。遠回しに京之介君に私は不釣り合いだと言われている？

そんな予感が巡った後、矢口さんは真剣な瞳を私に向けた。

「容赦ない一面があっても、本当の若はお優しい方です。なので梅乃ちゃんと再会したことをきっかけに、極道の世界から足を洗うと決心されて正直安心しました。そのきっかけを作ってくれた梅乃ちゃんに感謝しております」

「いいえ、そんな……私はなにもしていません」

決めたのは京之介君自身だし、こうして自分で立ち上げた会社が成功したのもすべて彼の努力があってこそ。私はなにも感謝されることをしていない。

「そういう謙虚《けんきょ》なところも若は惚れたのでしょうね。……ですがわたしも若も、この先どんなにまっとうな人生を歩んだとしても、極道の世界にいたという過去は消せません」

一呼吸置き、矢口さんは続ける。

「わたしたちがやってきたことを知ったら、幻滅《げんめつ》したり不快に思われたりするかもしれません。それにわたしたちのせいであなたを危険に晒《さら》す可能性だってあります。……それでも梅乃ちゃんは、これから先もずっと若のそばにいてくださいますか？」

私、頭では京之介君が元極道だってことを理解していたつもりだったけれど、ちゃんとわかっていなかったのかもしれない。

再会した時だって住む世界が違うなんて軽々しく言っていたけれど、そんな単純な話ではなかったんだ。

私が思うよりもずっと京之介君も矢口さんも、元極道という過去が重く圧《の》しかかっているのだろうか。

きっと簡単に抜け出せた世界ではなかったはずだし、矢口さんの言う通り、京之介君が極道だった頃には様々なことをしてきたのかもしれない。考えたくはないけれど、法を犯すことまでした可能性も捨てきれない。

それを知っても、京之介君のそばにこれから先もずっといられるかと聞かれても、すぐには返事をすることができなかった。でも……。

「私は極道の世界がどんなものなのか、わかりません。想像している以上に大変な世界で、私には想像もできないことをしてきたのかもしれません。……だけどそれは過去であって、今ではありませんよね？　それに京之介君は昔から優しくて、話していると楽しくて……。そんな彼だから周りが京之介君を避けても、私も同じように避けたくない、ずっと友達でいたいと思ったんです」

何度考えても昔の自分の行動を後悔したことはないし、過去があるから現在があって、未来に繋がると信じている。

「友達としてか、恋人としてか……。どちらの立場で京之介君のそばにいたいのか今はまだはっきりと言えませんが、彼のそばを離れたいとは思っていません。どちらの立場になったとしても、一緒にいたいと思っています」

それは昔から変わらない思いでもある。

京之介君が私とは関わりたくないと思っていると感じたから連絡を絶っていたけれど、そうでなければ友達としてそばにいたいと考えていたから。

京之介君の想いを知った今は、自分の気持ちに悩みながらも、それでもそばを離れたいとは思えないし、真剣に自分の気持ちと向き合いたいと思っている。

正直な気持ちをすべて打ち明けると、矢口さんは目を細めた。

「それを聞けて安心しました」

すると矢口さんは急に私に向かって深く頭を下げた。

「え、矢口さん？」

戸惑う私に構うことなく矢口さんは顔を上げずに続ける。

「わたしは若の下についた時から、生涯をかけて若を守るとある方と約束しました。それは極道の世界から足を洗った今も変わりません。……若にとってあなたは生きる糧《かて》になっているんです。どんなかたちでも構いません、どうかこれから先もずっと若のそばにいて支えてやってください」

京之介君と一緒に極道の世界から抜けるほどだから、ふたりの絆《きずな》は強いもので、特別な関係にあると思っていたけれど、私の想像以上なのかもしれない。

だって生涯をかけて守りたい存在だなんて……。それだけ矢口さんにとって京之介君は大切な人なんだ。

「私に京之介君を支える力があるとは思えませんが、京之介君から距離を取られない限り、私から離れることはありません。それだけは約束できます」

顔を上げた矢口さんは、ホッとした顔で私を見つめた。

「ありがとうございます。それを聞いて心底安心できました。では今後ともわたしとも仲良くしてくださいね。たぶん……いえ、間違いなく梅乃ちゃんとは長い付き合いになると思うので」

含みのある言い方がちょっぴり怖いと思いつつも、京之介君のそばを離れないということは、矢口さんとも話す機会が多くなるということ。

「はい、こちらこそよろしくお願いします」

その思いで言うと、矢口さんはにっこり微笑んだ。

「しっかりと言質《げんち》は取りましたからね」

「えっ⁉」

なんかそう言われると、矢口さんがなにか企《たくら》んでいそうで本気で怖くなる。

「社長はあと少しで会議が終わると思いますので、どうぞ珈琲とクッキーをお召し上がりになってお待ちください。申し訳ないのですが、わたしはそこで仕事をさせていただきます」

「は、はい」

すっかり秘書の顔に戻った矢口さんは、京之介君のことを〝若〟ではなく〝社長〟と呼んで席を立った。

そして自分のデスクに戻ると、パソコンを開いて仕事を始めた。

ちょっぴり冷めてしまった珈琲はちょうど飲み頃になっていて、一口含むとほのかな酸味と甘みが広がる。

「美味しい……」

「それはよかったです。社長が珈琲にはうるさい人でして、その日の気温や湿度に合わせて豆をブレンドしている甲斐《かい》がありました」

答えてくれた矢口さんの話に、耳を疑う。

「え？　矢口さんがブレンドした珈琲なんですか？」

「はい、今ではすっかり珈琲通になってしまいました。もし美味しい珈琲が飲みたくなりましたら、ぜひわたしにお申し付けください」

たしかにお店で出てくる珈琲よりも美味しい。その日によって味が変わるってことでしょ？　そんな珈琲、飲みたいに決まってる。

「えっと、ではその時はお言葉に甘えてもいいですか？」

「もちろんです」

「ありがとうございます」

矢口さんが用意してくれたクッキーは甘さ控えめで、珈琲にとても合う。こんなところまで気配りができる矢口さんはすごい。

これから食事に行くというのに綺麗に食べてしまった。

「ごちそうさまでした」

「お口に合いましたか？」

「はい、とっても」

食い気味に答えれば、矢口さんは「フフッ」と笑みを零した。

びっくりした、矢口さんもこんな風に笑うんだ。

柔らかい笑顔に目が釘付けになる。

「珍しいな、矢口がそんな風に笑うなんて」

突然聞こえてきた声に大きく身体が反応してしまう。

「会議は無事に終わりましたか？」

「あぁ、だいぶ長引いたがな」

振り返ると、だいぶ疲れたようで肩を回す京之介君がいた。

「待たせてごめん」

「お疲れ様、京之介君」

立ち上がって彼のもとに歩み寄る。

「矢口の淹れた珈琲を飲ませてもらった？」

「うん、すごく美味しかった」

そう答えると、彼は嬉しそうに頬を緩めた。

「だろ？　専門店にも引けを取らないよな。おかげで気軽に珈琲を買えなくなったけど」

たしかに矢口さんの珈琲を飲んじゃったら、飲みたいと思った時に気軽にコンビニエンスストアなどで買うことを躊躇《ためら》っちゃうかもしれない。

「おふたりにお褒《ほ》め頂き光栄です。すぐにレストランに向かわれますよね？　お車を用意してきます」

そう言って席を立った矢口さんを京之介君は「車はいい」と止めた。

「その前に梅乃ちゃんと行きたいところがあるから、自分で運転していくよ。矢口も自分の仕事が片づいたら上がってくれ」

「え？　お送りしなくてもよろしいのですか？」

戸惑う矢口さんに京之介君は頷いた。

「あぁ、たまには早く上がってゆっくり休んでくれ」

「社長……」

京之介君の矢口さんを気遣う気持ちが伝わってきて、自然と頬が緩む。

「それにせっかくの梅乃ちゃんとのデートに、矢口がいたら邪魔だろ？」

捻《ひね》くれたことを言っているけれど、気にせず帰ってほしいという京之介君の気持ちが読み取れる。それは矢口さんも同じようでクスリと笑った。

「かしこまりました。では気にせずに上がらせていただきますね」

「あぁ、そうしてくれ」

ふたりの間に流れる空気が優しくて、なぜか私までほんわかした気持ちになる。

「行こう、梅乃ちゃん」

「うん」

先に歩き出した私たちの後を追って矢口さんが「エレベーターまでお送りします」と言い、素早く移動してドアを開けてくれた。

矢口さんに先導されてエレベーターホールまで向かう。

「ありがとう、矢口」

「いいえ、お疲れ様でした」

矢口さんが呼び出しボタンを押すとすぐにエレベーターが到着して、私と京之介君は乗り込んだ。

そしてドアが閉まる直前、矢口さんは私を見据えた。

「それでは梅乃ちゃん、ぜひまた珈琲を飲みにいらしてください」

「は？　梅乃ちゃん？」

怪訝《けげん》な声を上げた京之介君に、矢口さんが意味ありげに笑った瞬間にドアが閉まった。

「え？　なんで矢口が〝梅乃ちゃん〟なんて軽々しく呼んでいるわけ？　もしかしてさっきも俺がいない間にそう呼ばれていた？」

鬼気《きき》迫る顔で聞かれ、一瞬答えるのに躊躇《ちゅうちょ》したものの、下手に嘘をつくべきではないと思い首を縦に振った。

すると京之介君は信じられないと言いたそうに目を見開く。

「勝手に馴れ馴れしく呼びやがって……」

ボソッと呟いた彼の言葉は狭い室内ではしっかりと私の耳に届いた。

矢口さんが言っていた半殺しにするって話も、あながち間違いではないのかもしれない。

「あ、あのでも私は嬉しかったよ？　会社のみんなと同じように呼んでくれて。それに矢口さんは京之介君にとって大切な存在なんでしょ？　だから私も仲良くしたいと思う」

明日、矢口さんが本当に半殺しにされたら大変だと思い、慌てて言葉を並べた。

「嬉しかったのか？」

私の様子を窺う彼にすぐに答える。

「うん。京之介君のおかげで会社のみんなにも〝梅乃ちゃん〟って呼んでもらえて嬉しいし、親しくなるきっかけを作ってくれた京之介君には本当に感謝している」

「……そっか」

納得してくれたのか穏やかな表情になり、胸を撫で下ろした。

ちょうど地下三階の駐車場に到着し、彼に続いてエレベーターから降りた。駐車場に出て少し歩くと、京之介君は黒のスポーツカーの前で足を止める。

「どうぞ」

「あ、ありがとう」

紳士的に助手席のドアを開けてくれて、気恥ずかしくなりながらも乗り込む。私が座ったことを確認してドアを閉めると、すぐに彼も運転席に回った。

「矢口にはいつも送迎するって言われているんだけど、運転することが好きでさ。会食などの予定がない限りこれで通勤しているんだ」

「そうなんだ」

小さなことだけれど、新たな彼の一面を知ることができて嬉しい。

シートベルトを締めると、京之介君はゆっくりと車を発進させた。

地下駐車場から一般道に出て、車を走らせていく。

「さっきの話の続きだけどさ」

流れてくるバンドの音楽を聴きながら景色を眺めていると、京之介君が切り出した。

「たしかにここ最近みんな俺を真似て、〝梅乃ちゃん〟って呼んでいるよな」

「うん」

運転する彼を見ると、なにか考え込んでいた。

「みんなと同じっていうのは嫌だな。……あのさ、これからは〝梅乃ちゃん〟じゃなくて、〝梅乃〟って呼んでもいいか？」

「……えっ⁉」

思いがけない提案に、ワンテンポ遅れて大きな声が出てしまった。

「周りとは違う呼び方って特別感があると思わないか？」

「そう思うけど……」

今までずっと〝梅乃ちゃん〟って呼ばれてきたから、急に呼び捨てで呼ばれると思うとなぜかドキドキしてしまう。

「ダメ？」

戸惑う私に甘えた声で聞いてきた京之介君はずるいと思う。そんな風に聞かれたら、ダメとは言えなくなる。

「いいよ」

「よかった。じゃあこれから梅乃って呼ぶな」

声を弾ませる京之介君に胸の奥がむず痒《がゆ》くなる。だって呼び捨てに変わるだけで嬉しそうに言うんだもの。

だけどそんな彼に〝梅乃〟と呼ばれて、ドキドキしている自分もいる。少しだけ呼び方が変わっただけなのに、どうしてこうも心臓が落ち着かなくなるのだろう。

「梅乃も俺のことを〝京之介〟って呼んでくれて構わないよ」

「え？　無理むり！　私は今まで通り〝京之介君〟って呼ばせてもらうからね」

呼び捨てすることを想像しただけで顔から火が出そうだ。

「それは残念だな。でもいつか呼んでよ」

「……いつかね」

とはいうものの、恥ずかしくて絶対に呼べないと思うけど。

それからも他愛ない話をしながら向かった先はレストランではなく、世界的にも有名なブランドのショップ。

「え？　どうしてここに？」

すぐ隣のパーキングに車を停めて降りた彼に続いて降りたものの、戸惑いを隠せない。

「言っただろ？　就職祝いがしたいって。服もプレゼントさせて」

「そんな……っ！　食事だけで十分だよ」

「いいから」

困惑する私の腕を引いて京之介君は店に入った。

初めて足を踏み入れたブランドのアパレルショップは高級感があった。床はふかふかの絨毯《じゅうたん》が敷かれていて、ゆっくりと買い物が楽しめるようにソファも用意されている。ディスプレイされている服はどれも素敵で目移りしてしまいそう。

レディースだけではなくメンズものの服も展開していて、京之介君は常連なのかすぐに四十代くらいの女性店員が歩み寄ってきた。

「いらっしゃいませ、一堂様。本日はなにをお求めでしょうか？」

「今日は俺じゃなくて、彼女のものを買いに来たんだ」

すぐに女性に視線を向けられ、小さく頭を下げた。

「あらまぁ、さようでございましたか、なんとも愛らしい方ですね。どんなものをお求めでしょうか？」

「これから食事に行くからドレスとそれに合う小物。あと仕事着を何着か見繕《みつくろ》ってくれないか？」

「かしこまりました」

笑顔で言うと、意気揚々と踵を返す女性店員を目で追いながらすぐに京之介君の手を引いた。

「困るよ、京之介君。服を買ってもらうわけにはいかないよ」

「なんで？　必要なものだろ？」

「でも……」

彼が言っていたのは一着だけではない。仕事用の服も何着かって言っていたよね？

「ここのブランドのデザインは繊細でセンスもいいんだ。俺も好きでさ。だから俺が梅乃に着てほしいんだけど、それでもだめ？」

ちょっと京之介君ってば可愛く「だめ？」と言えば、私がなんでも頷くと思っていない？　しかし悔しいことに目の前でこんな顔をされたらやっぱり断れそうにない。

「仕事用の服は一着で十分だからね」

妥協案を出すと、彼は「夢中で服を選んでいる彼女を止められたらね」と言ってはぐらかした。

だけど食事に誘われて、私の中では一番いい服を着てきたつもりだけれど、京之介君が連れていってくれるところを考えてコーディネートしてこなかった。

「ごめんね、こんな服で来ちゃって」

一応白のフリル付きのブラウスに黒のロングスカートを合わせてきたものの、これでは相応《ふさわ》しくない場所に行くってことだよね。

会社で着替えればいいのだから、友達の結婚式で着たドレスを持ってくればよかった。

「謝らないでくれ、その服もすごく似合っているし、予約したのはそのままでも食事に行ける場所だから。ただ、俺が綺麗に着飾った梅乃を見たいだけ」

「えっ？」

すると京之介君は繋いだままの手を口もとに近づける。そしてそのまま私の手の甲にキスを落とした。

「……っ」

「俺のワガママに付き合ってよ」

上目遣いで言われ、言葉が出てこない。

「いい？」

再度聞いてきた彼に何度も首を縦に振った。

わかったから、そんなドラマの俳優さんみたいにいきなり手の甲にキスをしないでほしい。本気で心臓が止まるかと思った。

いまだにバクバクとうるさい心臓の音が彼に聞かれていないかと、ヒヤヒヤしてしまう。

「お待たせいたしました、どうぞこちらにお越しください」

タイミングよく女性に呼ばれて、胸を撫で下ろす。

「試着してみて」

「う、うん」

私は逃げるように試着室へと向かった。そして女性からまず渡されたのは、透け感のあるスリーブデザインの黒のカットソーと膝《ひざ》下まである黒のタイトスカート。

黒のコーディネートに戸惑いながらも袖を通してみると、スリーブデザインが黒の重たさを軽やかにしていて、意外と似合っている気がする。

「着心地やサイズはいかがでしょうか？」

「あ、大丈夫です」

答えながら試着室のドアを開けると、私を見た女性と京之介君は目を見開いた。

「とてもお似合いですわ」

「すごく似合っているよ」

「えっと、ありがとうございます」

ふたりに褒められて嬉しい反面、恥ずかしくもあり視線が下がっていく。

「こちらのお洋服だけでも十分素敵ですが、胸もとにアクセサリーを付けるとさらに華やかになると思います。それとこちらのバッグとミュールはいかがでしょうか？」

「いいですね」

「ありがとうございます。それとお仕事用のコーディネートをこちらにご提案させていただきました。お気に召すものがございましたらぜひ」

私が試着している間に女性はマネキン五体に洋服を着せて、それに合うパンプスやバッグも用意していた。

当事者の私そっちのけで話が進んでいく。

パンツスタイルからスカート、ワンピースまで実に様々。どのコーディネートもスタイリッシュで、雑誌に載《の》っていそうだ。この中から一つだけ選ぶのが難しいくらい。

どの組み合わせがいいのか頭を悩ませていると、マネキンを見た京之介君は「それも全部ください」なんて言い出した。

「ありがとうございます。すぐにお包みいたします」

女性店員は張り切って他のスタッフを呼び、マネキンから服を脱がせ始めた。私は慌てて試着室を出て京之介君に詰め寄る。

「さすがにあんなにたくさんは受け取れないよ」

「どうして？　どれも気に入らなかった？」

「まさか！　どれがいいか迷うくらいだったよ」

「だったらいいだろ？　うちの会社、制服がないから服には困るだろ？」

「そうだけど……」

だからといって、こんなにたくさんの服を買ってもらうわけにはいかない。

「お客様、ネックレスを付けさせていただいてもよろしいでしょうか？　それとミュールのサイズをご確認させてください」

「あ、は、はい」

しかし、女性店員にネックレスを付けてもらい、ミュールのサイズを選んでいる間に京之介君はすべての支払いを済ませてしまった。

「ありがとうございました。またのお越しをお待ちしております」

「ありがとう」

両手にショップバッグを持つ京之介君に続いて、私も店員に頭を下げて外に出る。

「返品したら、店員が泣くぞ」

京之介君の言う通りだけれど、本当にこのまま彼の好意に甘えてもいいのだろうか。

立ち止まり、頭を悩ませてしまう。

「ここは素直に受け取ってほしい。お礼は……そうだな、俺の会社で仕事を頑張ってほしいし、たまには俺とこうして出かけてくれないか？」

「それじゃお礼になっていなくない？」

仕事なんだから頑張るのは当たり前だし、京之介君と食事になら何度だって行きたいと思う。

「いや、俺にとってはお礼になるし最高のご褒美《ほうび》だよ。今、着ている黒の服もすごく似合っているし、他に買った服を着ているところも見たいから受け取ってよ」

そう言われてしまったら断れないや。

「じゃあお言葉に甘えていただきます。大切に着るね」

「あぁ、そうしてくれたら嬉しい」

優しい顔を向けて言われたら、私もつられて笑ってしまう。

「腹も減ったし、食事に行こうか」

「うん。あ、荷物ごめんね」

両手に持たせていたことに今さらながら気づき、少し持とうとしたものの彼に止められてしまった。

「駐車場はすぐそこだから大丈夫。ここは俺にかっこつけさせてよ」

「ありがとう」

ここも素直に甘えさせてもらい、京之介君に駐車場まで荷物を運んでもらった。

そして再び彼が運転する車に乗って向かった先は、都内でも有名なラグジュアリーなホテル。その最上階には今、各メディアで取り上げられている有名なフレンチレストランがある。

予約が取れないことでも有名なのに、京之介君はいったいどうやって予約を取ったのだろうか。

「いらっしゃいませ、一堂様。お待ちしておりましたよ」

店先で出迎えてくれたのは、五十代後半くらいの男性。名札を見るとレストランの支配人と記されている。

「やっとお越しいただけて感無量《かんむりょう》です。この日を心待ちにしておりました。どうぞこちらへ」

「ありがとう」

京之介君とどこか砕けたやり取りをする支配人に案内されたのは、窓側の特等席だった。店内は白を基調としたテーブルや椅子で揃えられていて高級感がある。

店内に飾られているアンティークの小物や中央にあるグランドピアノが、さらに高級感を増していた。

支配人に私たちは椅子を引いてもらい、着席する。

「おすすめコースでお間違いないでしょうか？」

「あぁ。それと俺はノンアルコールのワインを。梅乃は？」

「あ、私も同じもので」

確認をして支配人は丁寧に一礼し、去っていった。

「俺に合わせなくてもよかったのに。今からでもオーダー変更する？」

「ううん、大丈夫。付き合いでお酒は飲むけど、あまり強くないんだ。ビール一杯でも次の日は頭痛がひどくなるの」

だから飲み会があっても乾杯の一杯だけ付き合って、その後はノンアルコールや、ソフトドリンクを注文していた。

「そうなのか。しっかり覚えておくよ」

「京之介君は強いの？」

気になって聞いてみると、京之介君はすぐに答えてくれた。

「あぁ、苦手ではないかな。二十歳の誕生日に、祝いだって父親に酒を飲まされたんだけどそれが結構強い酒だったようで、その後にどれだけ飲んでもあまり酔わなくなった。お酒全般好きだけど、とくに日本酒が好きだな。様々な日本酒を飲んでその美味さに感銘を受けてさ。珍しい銘柄《めいがら》を見つけるとつい手に取っている」

「そうなんだ」

だったら今日飲めないのは申し訳ないな。きっと運転しなくちゃいけないから飲まないだけだよね？

「私が運転できたら飲めたのにごめんね」

「俺が梅乃のことを家まで送りたいんだ。だから謝らないでくれ」

私が気にしないように言ってくれるところ、本当に優しい。

「しかし、梅乃はアルコールが苦手だったのか。些細なことだけど、まだまだお互い知らないことが多いよな」

「そうだね」

出会いは小学校一年生の時だったのに、私たちはお互いのことをどれだけ知っているのだろうか。

「だけど裏を返せば、これから色々な梅乃を知って今よりもっと好きになれるってことだ」

また聞いているこっちが恥ずかしくなることをナチュラルに言う。なんて答えたらいいのかわからずギュッと唇を噛《か》みしめた。

「照れてなんて言ったらいいのかわからなくなる姿も、初めて見たよ」

「……それはっ！　京之介君が恥ずかしいことを言うからだよ？」

「じゃあ梅乃も俺のことをもっと知ってよ。意外と俺、好きな子には意地悪したくなるんだ。梅乃の困った顔を見ると可愛いと思うし、もっと困らせたいとも思う」

立て続けに言われて、顔から火が出そうなほど恥ずかしくてたまらない。

「本当に京之介君は意地悪だよね」

仕返しとばかりに言えば、彼は微笑むだけ。

「それを知ってもらえて嬉しいよ。いつだって梅乃の前では素直な自分でいたいと思っている。だから梅乃も俺の前では変に気遣うことなく、言いたいことはなんでも言ってほしいし、甘えてほしいんだ」

ちょうどワインが運ばれてきて話は一時中断。それぞれのグラスにノンアルコールのワインを注ぎ、支配人は「ごゆっくりどうぞ」と言って去っていく。

「生涯をともに過ごすのに、自分を偽《いつわ》っていたらつらいだろ？」

「えっ？」

驚く私を京之介君は不思議そうに見つめる。

「俺は梅乃と結婚するつもりだけど」

「けっ……結婚？」

思いがけない話につい大きな声が出てしまい、慌てて口を手で覆う。そんな私を愉快そうに見つめながら京之介君は続けた。

「俺は梅乃以外と結婚するつもりはないよ。もちろんそのために梅乃にも俺と同じくらい好きになってもらう。その時は、一生忘れられないようなプロポーズをするから」

愛しそうに見つめて伝えられた言葉に、胸がトクンとなる。

彼の気持ちを知ってはいたけれど、結婚まで考えてくれているとは正直思っていなかった。

「まずは乾杯しようか。梅乃、改めて就職おめでとう」

「あ、ありがとう」

慌てて私もグラスを手に持ち、乾杯をした。

するとまずは前菜のオードブルが運ばれてきた。会社の話はもちろん、一緒に過ごした小学校時代の話や離れていた間、どうやって過ごしてきたかなど話は尽きない。料理もスープ、魚料理と続いていく。どれも見た目も味も大満足で、デザートまですべて完食した。

最後に珈琲を飲みながら綺麗な夜景を目に焼きつける。

「料理はどうだった？」

「どれもすごく美味しかった。今日は本当にありがとう」

「それならよかった」

そういえば、支配人とは顔見知りのような感じがしたけれど、実際はどうなんだろう。だけど知り合いでなければ、予約することさえ難しいレストランを利用するのは無理だよね？

「ねぇ、京之介君聞いてもいい？」

「あぁ、もちろん。なんでも聞いてくれ」

そのお言葉に甘えて思い切って聞いてみた。

「ここのレストラン、なかなか予約が取れないことで有名でしょ？　それなのにどうやって予約が取れたの？」

「ここのシェフとオーナーとは顔見知りなんだ。起業して間もない頃に人脈を広げるため、様々なパーティーに顔を出していたんだけど、そこで偶然知り合ってさ。ふたりとも大の日本酒好きで意気投合《いきとうごう》したんだ。プライベートで飲みに行くようになってから、ふたりがこのレストランを経営していることを知った」

「そうだったんだ」

だから支配人は京之介君とどこか砕けた感じで話していたんだ。

「毎日一席空けておくから、必ず来いって言われ続けていたんだけど、こういった場所に誘う相手もいなかったからさ。さすがにひとりでは来られないし、かといって矢口を連れてふたりで来るわけにもいかないだろ？」

この席で矢口さんとふたりで食事している姿を想像したところ、ちょっぴり可笑《おか》しくて笑ってしまった。

「そうだね、ちょっと変かも」

それこそ社内に広まったら、以前矢口さんと京之介君の関係を噂していた女性社員の恰好《かっこう》の妄想の餌食《えじき》になるだろう。

「だろ？　だから来る機会がなかったんだ。でもこうして梅乃と再会できて、一緒に来られてよかったよ。よければまた付き合ってくれる？　季節によってメニューが変わるから、いつ来ても様々な料理が楽しめるって言っていたし」

「うん、私でよければぜひ」

　本当にどの料理も美味しかったし、できるならまた来たい。

「じゃあ約束」

「うん、約束ね」

　その時、京之介君のスマートフォンが鳴った。すぐに彼は電話の相手を確認すると顔色を変える。

「悪い、仕事の電話だ。出てきてもいい？」

「もちろんだよ、私のことは気にしないで」

「本当にごめん、すぐ戻るから」

　何度も謝りながら京之介君は席を立った。

　定時を過ぎてからも会議を続けていたし、忙しいのに無理して時間を作ってくれたのかな？　そう思うと申し訳なくなる反面、短い時間だったけれどふたりで過ごす中で意外な彼の一面を知ることができて嬉しくも思う。

そして今度はゆっくりとふたりでどこかに出かけてみたいとも。

三井さんに振られてからもう二度と恋はしたくない、できないと思っていたのに……。

京之介君にドキドキしてしまう自分がいるし、一緒にいると楽しくて話が尽きない。それにひとりの人間としてもすごく尊敬できて、優しくて素敵な人だと思う。

そんな京之介君のことをもっと知りたいし、私のことも知ってほしい。なにより彼に好意を寄せられていることに対して嫌になるどころか、嬉しいと思っている自分もいる。

あれ？　これってもう私も京之介君に恋しているのでは……？　いや、三井さんに振られたばかりだし、京之介君とも再会して間もない。

次に誰かを好きになるなら幸せな恋がしたい。京之介君となら、幸せな恋愛ができる気がするの。

彼のことが好きだと認めることは簡単なことだけれど、素直に認めることができないのは、決して彼が元極道だからとかそんな理由ではない。

三井さんの時だって愛されている自信があったのに、それは偽《いつわ》りのものだった。まるで魔法が解けるかのように悲しい現実を突きつけられ、つらくて苦しくてたまらなかった。

もう二度とあんな思いをしたくないから認めたくないだけなのかも。だとしたらいつ、私はこの気持ちが恋だと自覚するのだろうか。

なんて、誰に聞いたって答えは私しか知らない問題だ。

無理難題に頭を悩ませながら残りの珈琲を飲み終え、カップをそっとテーブルに置いた。

その時。

背後から聞き覚えのある声が聞こえてきて、心臓が飛び跳ねた。

「すごい、ここってなかなか予約が取れないことで有名なのに」

「出産したら来られなくなるだろ？　だから根気よくキャンセルが出ないかチェックしていたんだ」

「嬉しい、ありがとう」

猫撫で声の女性に対して、「夫として当然だからな」なんて言っているのは、もしかして……。

気づかれないように声のしたほうを見ると、やはり三井さんと専務の娘だった。

私の席からは離れた店中央の席に案内されたところで、さっそくふたりでメニューを開いている。

遠目からでもふたりが幸せなのが見てわかる。三井さんはあんなに優しい笑顔を私に向けてくれたことなど、一度もなかった。

本当に彼にとって私は遊びだったんだ。

ここでふたりのもとに行って、専務の娘に三井さんとの関係を暴露《ばくろ》できたらすっきりするのかもしれないけれど、新婚で妊娠中で、あんなに幸せな姿を見せられたらできないよ。

でも不思議と泣きたくなったり胸が苦しくなったり、惨めな気持ちにはならない。

三井さんには二度と大切な人を裏切る行為をしてほしくないし、私みたいな思いをする女性を作らないでほしい。

三井さんの幸せな姿を見て、初恋にケリをつけることができた気がする。

遊ばれて一方的に振られたというのに、不思議と気分は晴れやかだ。

もう二度と会うことはないだろう。どうか幸せになってほしいと心から願うよ。

だけどここにいたら、三井さんに気づかれる可能性がある。いくら偶然とはいえ、向こうも気まずいはず。京之介君、店の外にいるよね。

三井さんたちに気づかれないように、ゆっくりと席を立った。

レストランを出て京之介君を探すも、廊下に彼の姿がない。もしかして外に出て話をしている？

最上階にはフレンチレストランの他にも、中華と日本料亭がある。静かな場所を求めて奥に行ったのかもしれない。

京之介君を探しながら歩を進めていると、急に背後から腕を掴まれた。

「キャッ!?」

びっくりして悲鳴にも似た声を上げてしまう。

「ごめん、驚かせて」

焦った声で謝ってきたのは京之介君だった。

「どうしたんだ？　なにかあった？」

京之介君は店から出た私を心配して様子を窺っている。

「ごめん、京之介君を探しに来たの。その、ちょっとお店には居づらくなっちゃって」

「なにがあったんだ？」

眉をひそめて理由を聞いてきた京之介君に、三井さん夫婦が来ていることを伝えるや否や彼の表情が一変し、険しさが増した。

「待ってろ。一発殴ってくる」

「殴ってくるって……えっ！　ちょっと待って」

一瞬ぽかんとなるも、歩き出した彼を慌てて引き止めた。

「止めるな。俺の大切な梅乃を深く傷つけたんだ。落とし前をつけさせてもらう」

暴力的な表現で言う京之介君は怒り心頭《しんとう》といった様子。今の彼を見るに本当に三井さんを殴りそうだ。

私はさらに強い力で京之介君を引き止めた。

「行かないで京之介君、私なら大丈夫だから！」

「でもっ……！」

「本当に平気。ふたりを見てもつらくなかったし、むしろ幸せなふたりを見て自分の気持ちに区切りがついたの。レストランを出てきたのも、私と会ったらふたりの幸せを壊しそうだったから」

早口で捲《まく》し立《た》てると、京之介君は動きを止めた。

「それは本心なのか？」

「うん」

すぐに答えれば、やっと納得してくれたのか彼は深いため息を漏らした。

「わかった。殴るのはやめる」

よかった、わかってくれて。

「だけど、文句だけは言ってくる」

しかしホッとしたのも束《つか》の間《ま》、次に彼は耳を疑うことを口にした。

「えっ⁉」

だめだ、全然わかってもらえていなかった。

再び歩き出した京之介君の前に急いで回り込む。

「文句も言わなくていいよ」

両手を広げて制止しても、「俺は言わないと気が済まない」と言い、京之介君は横にずれてまた前に進む。

「京之介君に文句を言ってもらっても、私は嬉しくない」

また私が前に回り込んで言うと、彼はグッと唇を噛みしめる。

「それにさっきも言ったけど、もう三井さんに恋愛感情なんて抱いていないから関わりたくないの。だけどここで京之介君が文句を言いに行ったら、嫌でも関わることになっちゃうじゃない」

やや脅《おど》し気味に言ったのが効いたのか、やっと京之介君は足を止めた。

「私なら本当に大丈夫だよ。だって自分のことのように怒ってくれる京之介君がいるもの」

これは決して彼を止めるために言った言葉でない、本心だ。さっきだって『俺の大切な梅乃を深く傷つけたんだ』って言ってくれて嬉しかった。

「こんなにも早く気持ちに区切りをつけることができたのは、京之介君のおかげだよ。京之介君に再会してから、三井さんのことを思い出す余裕もなかった。京之介君が想いを伝えてくれるたびにドキドキしてたまらなかったし、今日だってすごく楽しかった」

三井さんに文句を言いに行かせないことに必死で、無我夢中で思いを伝えていく。

「それにっ……」

「悪い、梅乃。一回心臓を落ち着かせる時間をくれ」

私の声を遮り言う彼を見れば、なぜか俯《うつむ》いて胸に手を当てていた。

「京之介君？　え、大丈夫？」

まさかどこか痛むの？

心配になり彼の顔を覗き込むと、耳や頬が赤く染まっていた。意外な姿に目を見開く。

「見るな、恥ずかしいだろ」

そう言って顔を手で覆うけれど、赤くなっているのはバレバレで驚きを隠せない。

「言っておくけど、梅乃が悪いんだからな」

「え……えっ？」

私が悪いってどういう意味？　意味がわからなくて頭の中は混乱状態。そんな私に向かって京之介君はバツが悪そうに言った。

「梅乃が嬉しいことを言うからだ。……なんだよ、俺にドキドキするとか、楽しかったとか。そんなこと言われて喜ばないほうがおかしいだろ」

「あっ……」

いくら引き止めることに無我夢中だったとはいえ、私ってばなにを馬鹿正直に言ってしまったのだろうか。時間差で私も恥ずかしくなり、顔が熱くなる。

「その顔を見ると、嘘ではないんだよな？」

私の手を掴み、京之介君は恐る恐る聞いてきた。

さっき言った言葉に偽りはない。すべて事実だ。今だって手を握られただけで胸が苦しいほど高鳴っているのだから。

声が出なくて返事ができない代わりに首を縦に振った。

「そうか。……じゃあ、文句を言いに行くのはやめる」

「……本当?」

ジッと彼を見つめると、少し照れくさそうに頷く。

「せっかく梅乃が俺を見てくれているのに、俺が文句を言いに行ったら台無しになる。……頭に血が上ってひとりで突っ走ってごめん」

大きく頭を下げて謝る彼に「ううん」とすぐに否定した。

「私のことを思っての行動だってわかっているから謝らないで。……京之介君が私の代わりに怒ってくれて嬉しかったよ。本当にありがとう」

「梅乃……」

悠里もだけれど、京之介君のさっきの怒り具合はなかなかのものだった。自分のことのように怒ってくれる人がいるって、こんなにも嬉しくて幸せなんだね。

「そんなことで梅乃が嬉しくなるなら、いくらだって梅乃の代わりに怒ってやるよ」

そう言うと京之介君は一度私の手を離した後、すぐに両手を握った。

「俺も梅乃が喜んでくれると自分のことのように嬉しくなるし、逆につらい姿を見せられたら、胸が張り裂けそうなほど苦しくなる。……梅乃が幸せなら俺も幸せなんだ。だから梅乃にはずっと笑っていてほしい」

すると彼は私の手を自分の頬に当てた。手のひらを通して伝わる彼の頬の熱に心臓が痛くなる。

「こうして触れるだけで愛おしくてたまらない」

上目遣いで囁かれた甘い言葉に一瞬、息が詰まる。

「だから早く俺を好きになってくれ」

「……っ」

切なげに放たれた言葉が心の奥深くに響いて、胸が苦しくてたまらない。

今までだって京之介君に何度もドキドキしてきたのに、なにかが違う。

「支払いをしてくるから、少し待ってて」

「あ……う、うん」

私の手を引いて近くのソファに座らせると、京之介君はレストランに支払いに戻っていった。そのうしろ姿を見送っている間も胸の高鳴りは収まらない。

「どうしちゃったの？　私」

京之介君に告白されたのはこれが初めてではないのに、ドキドキしっぱなしだ。

それは会計から戻ってきた彼に家まで送ってもらい、お風呂に入ってベッドに入ってからもずっとだった。

溢れ出る感情

京之介君と食事に行った日から二日後の金曜日。いつもの時間に起きて身支度を整え、母が用意してくれた朝食を食べていたものの……。

「梅乃！　醤油《しょうゆ》かけすぎ！」

「えっ？　わっ!?」

母に言われて目玉焼きがのった皿を見れば、醤油で溢れそうになっていた。

「もう、なにやってるのよ」

「ごめん」

醤油をこぼさないようにキッチンに向かい、勿体ないけれど醤油をシンクに流した。

「昨日も様子がおかしかったよな。もしかして会社でなにかあったのか？」

新聞を読んでいた父に心配そうに聞かれ、慌てて「違うよ」と答えた。

「ちょっと考え事をしていただけだから」

仕事のことではなく、京之介君のことだけれど嘘は言っていない。

昨日、京之介君は終日外出しており、会社で会うことはなかった。メッセージでやり取りしただけだから大丈夫だったけれど、今日はそうはいかない。

昨夜のうちに【明日は一緒にランチ食べよう】とメッセージが送られてきた。断る理由はないし了承したわけだけど、どんな顔で会えばいいのやら……。

京之介君のことを考えただけでドキドキするのに、顔を合わせたらどうなってしまうのだろうか。

再びテーブルについてご飯を食べ始めたが、ふたりの視線が気になって食事に集中することができない。

「えっと、ふたりともなに？」

なにか言いたそうに見るふたりにこっちから聞いてみると、両親は顔を見合わせた。

「聞いてもいいの？」

「いいもなにも、聞きたいことがあるならどうぞ」

なにをそんな躊躇っているのだろうか。

私がそう言うと、母は目を輝かせて興奮気味に聞いてきた。

「じゃあ遠慮なく！　ねぇ、京之介君と付き合っているの？」

「ゲホッっ……」

予想だにしなかったことを聞かれ、ご飯が変なところに入ってむせた。

「大丈夫か？　梅乃」

父に少し冷めたお茶を渡され、一気に喉《のど》に流し込んだ。

「あらあら、そんなに慌てるってことは事実のようよ、あなた」

ニヤニヤしながら母は続ける。

「一昨日、京之介君と食事に行って、さらには今日着ている服も買ってもらったって聞いてからお父さんと話していたのよ。もしかしたらふたりは付き合っているかもしれないって。そうよね、なんとも思っていない相手に素敵な服をプレゼントなんてしないもの」

「むむ……しかし、まだふたりは再会して間もないんだろう？　それなのに恋人になるのは、いささか早い気もするが……」

「あら、幼馴染みなのよ？　まったくの他人じゃないんだからいいじゃない。再会して一気に燃え上がる恋もあるでしょ」

両親は、勝手に私と京之介君が付き合っていると勘違いをして話を進める。

「ちょっとふたりとも、落ち着いて。私、まだ一言も京之介君と付き合っているって言っていないよね？」

「まだ？　まだってことは今後あり得るってことね！」

「ちがっ……」

私の否定を聞くより先に母は「卒業アルバムの京之介君はかっこよかったし、大人になった今はもっとかっこいいんでしょうね。お母さん、会いたいなぁ」なんて、とんでもないことを言い出した。

「それはいい案だ！　父さんも未来の息子になり得る者と会って、人となりを見定めてやろう」

「いいわね、じゃあさっそく週末に来られないか京之介君に聞いておいてね、梅乃」

「どうしてそうなるの!?」

とんとん拍子に話を進めて、両親は食事を再開した。

「付き合っていないのに自宅に招くなんておかしいでしょ？」

冷静になってほしくて言ったが、両親は聞く耳持たず。今度は別の理由を述べた。

「じゃあ、いつもお世話になっている上司として招待するのはどう？」

「そうだな、娘の勤め先の上司に挨拶するのも両親の務めだ」

「そういうわけだから、京之介君が土日どっちに来るかわかり次第連絡をしてね。色々と準備しないといけないから」

これは一度、京之介君を家に来させないといつまでも催促《さいそく》されそうだ。

「一応聞いてみるけど、京之介君も暇《ひま》じゃないだろうし予定が合わなかったら諦めてね」

釘を刺したにもかかわらず、両親は「大丈夫、来てくれるわよ」なんて楽観的。

ますます会社に行くのが憂鬱《ゆううつ》になりながらも、いつもの時間に家を出た。

グランディールが入るビルに入り、エレベーターを待つ列に並んでいると、背後から声をかけられた。

「おはよう、梅乃ちゃん」

「おはようございます」

声をかけてきたのは有賀さんだ。ビルの一階にある保育所にお子さんを預けてきたところだという。

「預け始めた頃は泣きじゃくって大変だったけど、今ではバイバイって言っても振り返りもせずに先生と友達のところに行っちゃうのよ。親としてはちょっと複雑だわ」

「それは少し寂しいかもしれないですね」

私もいつか結婚して子供ができて、その時に働いていたら有賀さんと同じように保育園に預けることになる。そうしたら同じような思いをするのだろうか。いや、子供の前にまずは結婚だよね。

ふと、脳裏に浮かんだのは京之介君で、慌てて首を横に振る。

まだはっきりと好きだと自覚していないのに、どうして結婚相手を想像したら京之介君が思い浮かぶわけ？

「どうしたの？　梅乃ちゃん」

首を横に振ったかと思えば、オロオロする私を有賀さんは不思議そうに見つめていた。

「あ、いいえなんでもないです」

ちょうど到着したエレベーターに乗り、オフィスのある階に到着。みんなに挨拶をしながら席に着く。

「そういえば昨日も気になったんだけど、梅乃ちゃんが着ている服ってさ……」

そう言いながら有賀さんはスマートフォンを操作して、ある画面を私に向けた。それは京之介君と一緒に行ったお店のブランドサイトだった。

「ここのやつじゃない？」

「はい、そうですけど……よくわかりましたね」

服を見ただけで気づくなんてすごいと感心していると、有賀さんは得意げに話し出した。

「まぁね。若い頃はよくここのブランドの服を着て仕事していたから、今でも憧れがあってよくサイトをチェックしたり、たまのご褒美に買ったりしているの」

たまのご褒美ってことは、気軽に買える値段ではないってことだよね？

京之介君が支払いを済ませてしまったし、プレゼントされた服には金額が記載されたタグは外されていたから、いくらするのかわからなかった。

買ってもらってから『いくらだったの？』なんて聞けないし、値段は考えないでおこうと思っていたけれど、それほど高いのだろうか。今からでもサイトで調べてみるべき？

「梅乃ちゃんも初給料で自分へのご褒美に買ったの？」

色々と考え込んでいたら聞かれた質問に、なんて答えたらいいのか困る。

でもご褒美で買ったと思われていたら、まだ着ていない服を着て来ればなんて思われる？　べつに隠すことでもないよね。

そう自分に言い聞かせて、有賀さんに京之介君からプレゼントされたものだと告げた。

すると話を聞いた有賀さんは、なぜか口に手を当てて悶《もだ》え出した。

「え？　なにその王子様みたいなプレゼントの仕方は……っ！　自分が選んだ服で仕事をしてほしいってことでしょ？　社長ってばどれだけ梅乃ちゃんが好きなの？　もう着々とふたりの仲が深まっていて嬉しい！」

興奮冷めやらぬ様子で言った後、有賀さんは自分を落ち着かせるように大きく深呼吸をした。

「朝からいい話を聞かせてくれてありがとう。しっかりとみんなにも共有しておくね」

「共有って……え？」

なんですか、共有って！

聞こうとしたものの、タイミングよく朝のミーティングが始まってしまい叶わなかった。だけど〝共有〟の意味を、私は数時間後に理解した。

「梅乃ちゃん、その服とっても似合ってるよ」

「社長ってセンスがよかったのね」

「社長が選んだ服を着てるってことは、ゴールインも間近じゃない？」

「結婚式には絶対に呼んでねー」

昼休みとなり、会う人みんなに洋服のことを言われ納得した。

「すごいよね、社長応援隊は今や半分以上の社員が加入しているの。数名に言ったらあっという間に社内に広がっちゃったみたい」

社食に向かう途中にお茶目に言う有賀さんに対し、先輩だとわかってはいるけれどちょっぴり怒りを覚えてしまう。

「共有するってこういう意味だったんですね」

「ええ、そうよ。大きな進展だもの、応援隊と喜びをわかち合わないと」

「それなら今後はなにかあっても、有賀さんには絶対に報告しないようにします」

こんなすぐに噂が広まったら困るもの。

「ええっ!? そんなっ……！ 私と梅乃ちゃんの仲じゃない」

泣きそうな声で言う有賀さんに決心が鈍《にぶ》りそうになるが、すぐにだめだめ！ と自分を叱咤《しった》した。

「だって有賀さんに言ったら、すぐに社内中に知られちゃうってわかったのに、また言うわけがないじゃないですか」

「いいじゃない、おめでたいことなんだから」

「恥ずかしいんです」

素直に理由を述べたら、有賀さんは「あらあら」と言いながら、ニヤニヤし出した。

「どうして恥ずかしいの？」

「みんなに冷やかされるからです」

「嫌ではないんでしょ？　社長と噂されるの」

「そりゃ嫌じゃないですけど……」

聞かれたことに答えた瞬間、有賀さんは私との距離を縮めた。

「それって、少なからず梅乃ちゃんは社長のことが好きってことじゃない？」

「……っ！　もう、有賀さん？」

すぐにそういう話に持っていこうとするんだから。

本気で怒ったのがわかったのか、有賀さんは「ごめんごめん」と言って私から離れた。

「それだけ私たちは社長と梅乃ちゃんを応援してるってこと。だって誰が見たってお似合いだもん。あ、噂をすれば……」

有賀さんは足を止めて、ある方向を指差した。

「梅乃！」

そこにいたのは京之介君で、私に気づいて笑顔で駆け寄ってきた。

「お邪魔虫は先に社員食堂に行ってるね」

「え？　あっ……」

含み笑いしながら有賀さんは素早く離れていった。

どうしよう、どんな顔で会えばいいの？

昼休みにランチする約束をしていたけれど、社員食堂で待ち合わせをしていたし、心の準備をしてから会おうと思っていたのに。

そんなことを考えている間に、京之介君は目の前に来て足を止めた。

「お疲れ」

笑顔で言われ、胸が苦しくてたまらなくなる。

あれ？　京之介君ってこんなにかっこよかった？　いや元々かっこよかったけれど、直視できないほどではなかった。

「……お、お疲れ様」

なぜかまともに顔を見ることができなくて地面を見つめてしまう。

「うん、やっぱり似合うな」

「えっ？」

咄嗟《とっさ》に顔を上げた瞬間、愛しそうに私を見つめる彼と目が合って息が詰まる。

「その服、すごく似合ってる」

胸が締めつけられているというのに、ふわりと笑って言う彼から視線を逸らすことができない。

どうしよう、なにか言わないと変に思われちゃう。そう頭でわかっているのに、〝ありがとう〟の一言も出てこない。

「もしかして昨日も着て来てくれた？」

「う、うん」

どうにか声を絞り出して答えると、京之介君はがっくりと項垂《うなだ》れた。

「残念、見たかった」

「……っ」

言葉通り心底残念そうに話す姿はまるで子犬のようで、大人の男性に対して失礼だとわかっているけれど、可愛いと思ってしまった。

「今度また着て来てよ」

「わかった」

胸の高鳴りを抑えながら言うと、京之介君は目尻にたくさん皺を刻んで笑った。

「楽しみにしてる」

「う……うん」

どうしよう、ときめきが止まらない。

「食べに行こうか」

「そうだね」

並んで廊下を進んでいる間も、社員食堂に着いて席に座ってからも、みんなからの視線をずっと感じていたというのに、いつもみたいに気にならなかった。いや、気にする余裕がないっていうのが正しいのかもしれない。

心臓がうるさくてたまらないのに、京之介君から目が離せず、彼の一挙一動《いっきょいちどう》に胸が高鳴り、嬉しくて幸せな気持ちでいっぱいになってしまう。

「あ、そういえば京之介君にお願いがあるんだけど」

隣に座って食事をしているから、なにか話をしていないとドキドキしているのがバレてしまいそう。だから両親の話を思い出して切り出した途端、京之介君は目を輝かせた。

「絶対行くよ。仕事があっても行くに決まってるだろ？」

「えっ！　仕事があるなら無理しなくても……」

そこまでして来てもらうわけにはいかないと思い言ったものの、どうやら冗談だったようで本当に週末は予定がないようだ。

「今日の明日じゃご迷惑になるかもしれないし、明後日の日曜でもいい？」

「うん、うちはどっちでもいいと思うから大丈夫。……ごめんね、両親のワガママに付き合ってもらっちゃって」

休みの日くらいゆっくりしたいはずなのに、申し訳ない。

「いや、誘ってもらえて嬉しいよ。こんなに早く梅乃のご両親にご挨拶できるとは夢にも思わなかったし」

なぜか京之介君は声のボリュームを上げて言うものだから、周りにいた人たちがざわつき出す。

「手土産はなにがいい？　ご両親の好物を教えてくれないか？」

誤解されそうな話ばかりする京之介君にギョッとなる。

「なにもいらないから大丈夫だよ。ふたりとも京之介君に会いたいだけだから、本当に気にしないで」

この話題を早く終わりにしたくて早口で捲し立てたが、この日の午後には週末、京之介君が私の実家に結婚の挨拶に行くという噂が早くも出回ってしまった。

「ねぇ、あなた。食器はこれでいいかしら」

「いいんじゃないか？」

母に聞かれても、父はテレビを見ているのにそわそわして落ち着かない様子。

「もう、ちゃんと聞いてないでしょ？　来る前からそんなに緊張してどうするのよ」

「き、緊張などするわけがないだろう。俺はただ、父親としての威厳《いげん》をだな」

そんな言い合いをする両親を横目に、私も心が落ち着かずにいた。

昨日は家族総出で家の掃除に取りかかった。京之介君が来るのは十時。昼食も振る舞うことになり、朝早くからその準備に母とともに追われていた。

「梅乃、肉じゃががてきたら、唐揚げも揚げてくれる？」

「わかったよ」

足りなかったら嫌だからと言って、母は大量の料理を準備している。最初は父も手伝っていたが、上《うわ》の空《そら》状態で邪魔だと追い出されてしまったのだ。

「それにしても卒業アルバムで見ただけで、梅乃から話を聞いたことしかない京之介君とやっと会えると思うと楽しみだわ」

「そういえば子供の頃は、学校の話を聞くといっつも京之介君のことを話していたな」

「え？　嘘」

思いがけない父の話に聞き返すと、母はクスリと笑った。

「そうそう。目を輝かせて言っていたわね。お父さん、笑顔で頷いていたけど内心穏やかではなかったのよ？　梅乃が寝たら私に〝梅乃に恋はまだ早すぎる〟って嘆いていたんだから」

私ってばそんなに京之介君の話ばかりしていたの？　全然記憶にないから余計に恥ずかしい。

「梅乃はまったく気づいていないようだったけど、お母さんは間違いなく梅乃にとっての初恋は京之介君だったと思うわ」

「父さんも認めたくないがそう思ったぞ。まぁ、その相手が今では家業と縁を切り、起業して立派になった男だ。悪い奴ではないんだろう」

言葉を濁しながら言う父に、母は必死に笑いをこらえている。

私の初恋って両親の言う通り、本当に京之介君だったのかな？　だからこんなにも今、会うたびに彼にドキドキしているの？

唐揚げを揚げながら、京之介君のことを考えてしまう。

ううん、違う。初恋だからじゃない。だって私、新たな彼の一面を知るたびに胸が高鳴っていたもの。じゃあこの感情の答えは……？

唐揚げを揚げ終わり、出来上がった料理をそれぞれ皿に盛りつけ終わった頃、インターホンが鳴った。

「あ、ちょうど来たわね。梅乃、出迎えて」

「……うん」

エプロンを外して玄関に向かう。そしてドアを開けた先には京之介君がいた。

いつもセンター分けされている髪は後ろに流されていて、切れ長の瞳がよりいっそう強調されている。

シャツにカーディガンを羽織《はお》り、チノパンを合わせた爽やかなスタイルだった。

毎日のように顔を合わせているはずなのに、どうしていつもドキドキしてしまうのか。その答えはもう出ている。

私、京之介君が好きなんだ。

本当はもっと前から出ていた答えなのに認めたくなかったのは、三井さんの時のように裏切られたくなかったから。

でも京之介君はそんな恐怖さえ打ち消してくれた。私の気持ちに寄り添い、自分のことのように怒ってくれた彼なら信じてみたい。信じてみてもいいよね。

「こんにちは」

「あ……いらっしゃい、京之介君」

私ってばどんな場面で自分の気持ちを自覚しているのよ。

慌てて家に招き入れると、京之介君は玄関先でキョロキョロしている。

「どうしたの？」

スリッパを出しながら聞くと、彼は少しだけ顔を強張《こわば》らせた。

「いや、これから梅乃のご両親に会うと思うと緊張して……」

声を潜めて言う彼に目を瞬かせてしまう。

だって京之介君が緊張するなんて……。会社ではいつも堂々としていて、どんなに周りから視線を感じてもなんとも思っていない人なのに。

「手土産、無難にケーキを持ってきたんだけど大丈夫だったか？」

「うん、お父さんもお母さんも甘い物が好きだから喜ぶと思う」

「そっか、よかった」

私の話を聞いて心底安心する京之介君に、胸がきゅんとなる。

どうしよう、好きって気づいた途端にいつも以上に京之介君がかっこいいし、安心した顔なんて可愛くてたまらない。

私、三井さんに恋をしていた時もこんなだった？　心臓が爆発しそうなくらいドキドキしていた記憶がない。

「お邪魔します」

「どうぞ」

クルリと彼に背を向けて先導してリビングへと向かう。これから両親と過ごすんだから、早く心臓を落ち着かせないと。

短い道のりの中で必死に胸の鼓動を落ち着かせて、リビングへと続くドアを開けた。すると待ち構えていたように両親がドア付近で出迎えた。

「初めまして、京之介君。今日は急な誘いにもかかわらず、来てくれてありがとう」

「いつも梅乃が世話になっているな」

笑顔の母とは違い、父は威厳を保とうとしているのか素っ気ない態度。そんな父に対して母は肘《ひじ》で突いた。

「痛っ……！　なにをするんだ、母さん！」

「それはあなたのほうでしょう！　なんですか、その子供みたいな態度は！　あなたがそれじゃや梅乃が恥ずかしいでしょう」

小競《こぜ》り合《あ》いを始めたふたりを見てすっかり冷静になることができたけれど、頭が痛くなる。いきなり両親のこんな姿を見たら呆《あき》れちゃうよね。

チラッと隣に立つ彼を見ると、クスクスと笑っていた。その姿に両親も口を止めて視線が釘付けになる。

「すみません。おふたりの仲の良さが伝わってきて、つい……。いつまでも仲睦《なかむつ》まじいおふたりはまさに理想の夫婦です」

ふわりと笑った京之介君に母は「あら、嬉しいことを言ってくれるわね」と言い、父も父で「まぁ、見る目はあるじゃないか」なんて言う。

「あ、ケーキなんですけどよかったら召し上がってください」

手土産のケーキを渡された母は、箱を見て目を輝かせた。

「これって予約しないと買えない人気店のケーキじゃない。嬉しいわ、ずっと食べてみたかったの」

「あのケーキ屋のか？　それはすごい。どうやって買ってきたんだね？」

甘いものに目がないふたりは、大喜び。

「それはよかったです。パティスリーのオーナーとはちょっとした知り合いでして。特別に新作を用意してもらいましたので、ぜひご賞味《しょうみ》ください」

もしかして前に聞いた日本酒好き仲間だろうか。それにしても京之介君って顔が広い。両親がこんなに興奮するってことは、すごく有名なお店のケーキってことだよね。

「ありがとう。楽しみだわ」

「さっそくいただこう。京之介君も珈琲でいいかな？」

「はい、ありがとうございます」

威厳はどこへやら。ケーキに絆《ほだ》された父は上機嫌で珈琲を淹れにキッチンへ向かった。

「お父さん、料理はてんでだめなんだけど珈琲だけはすごく淹れるのが上手なの。だから京之介君も楽しみにしてて」

「それは楽しみです」

京之介君はいつも一流バリスタのように珈琲を淹れるのが上手な、矢口さんお手製の珈琲を飲んでいる人だ。いくら父が少し上手だからといっても、矢口さんにはかなうまい。

だけど京之介君は父が淹れた珈琲を「美味しいです」と言って飲んでくれた。それに機嫌を良くした父は、すっかり京之介君と打ち解けた。

「いやー、その若さで上場企業の社長なんて本当にすごい。梅乃、いい会社に入ったな」

大好きなケーキを頬張りながら、父はつい一時間前とは別人のように京之介君を褒めちぎる。単純な姿に母も私も呆れてしまう。

「いいえ、支えてくれる部下のおかげです。ひとりの力では今の自分は存在しませんでした」

謙虚な京之介君をますます父は気に入ったようで、私と母そっちのけで仕事の話で盛り上がる。

「梅乃、私たちはお昼ご飯の準備でもしましょうか」

「うん」

父に京之介君をお願いして、私と母はキッチンに入った。オープンキッチンだから、リビングの様子がよく見えた。

最初は少し緊張していた京之介君だったけれど、父と話しているうちにその緊張も解けたようで笑顔になっている。

この家に京之介君がいるだけで不思議なことなのに、父と楽しそうに話す姿はちょっぴり現実とは思えない。

「お父さん、すっかり京之介君のことを気に入っちゃったようね」

「そうみたいだね」

作っておいた料理を温め、小皿を用意しながら母は嬉しそうに続けた。

「お母さんも一目見て京之介君のことを気に入ったわ。かっこいいし真面目そうだし、なにより梅乃のことを大切に思ってくれているのがわかったからね」

「えっ？」

彼が来てからずっと一方的に父が話しているだけで、京之介君は一言も私のことを話していないのに、なぜ母はそう思ったのだろうか。

「あら、京之介君を見ていればわかるわよ。梅乃は気づかなかった？　京之介君ってば梅乃のことをそりゃもう愛おしそうに見つめていたんだから」

「……嘘」

「嘘じゃないわ。あんな顔で梅乃を見つめられたら、言われなくても気づくわよ。……それで梅乃の気持ちはどうなの？　本当に付き合っていないの？」

声を潜めて聞かれ、かあっと顔が熱くなる。そんな私を見て母は「今度は、ちゃんと恋人として私たちに紹介してちょうだい」と言った。

「……うん」

もう自分の気持ちを誤魔化《ごまか》しようがない。京之介君はずっと私に想いを伝え続けてくれている。だから早く自分の気持ちを彼に伝えたい。

「あらあら、その日を楽しみにしているわね」

それから母と用意した料理を、京之介君は何度も「美味しいです」と言って食べてくれた。

帰る夕方までの時間、両親と楽しそうに話す京之介君を見て、私の気持ちはますます大きくなるばかりだった。

キミは特別な存在　京之介SIDE

「いい？　京之介。あなたはあなたが望む人生を歩みなさい。生半可《なまはんか》な覚悟では決して生きられない世界なのだから」

最期の言葉を残して母が亡くなった時、俺は十六歳だった。

母は元々身体の弱い人だった。一堂組の傘下《さんか》の家に生まれ、父と政略結婚したと聞いている。

あとから若い衆に聞いた話だが、昔から母は家業に嫌気がさし、何度も家出を繰り返していたという。そのたびに父親に連れ戻され、若くして俺の父と結婚させられたらしい。

結婚して俺と二歳下の弟、竜也《たつや》を生んでからも母は極道の世界を毛嫌いしていた。滅多に会合には顔を出さず、部屋に引きこもってばかり。そんな母にどう接したらいいのかわからなかったのか、父が母に会う回数も減っていった。

それでも母は俺と竜也に惜しみない愛情を注いでくれた。争いごとを好まない俺に対して、無理して家を継がなくてもいいと言ってくれて、俺が嫌な思いをするだけだと反対する父を押しのけてみんなと同じ幼稚園、小学校に通わせてくれた。

今となっては父が反対した理由に納得できるが、当時の俺は母に感謝していた。

……いや、梅乃と出会わせてくれて今も感謝しているのかもしれない。

生まれた時から俺は一堂組の次期組長として育てられ、どこに行くにも常に若い衆が付いて回った。

俺にとっては家族同然で、かけがえのない存在だった。少し怖い顔をしているけれど、みんな優しくて仲間を大切にしていた。

そんなみんなを誇りに思っていたし、周りがなんて言おうと気にしなかった。だけどそれも十歳くらいまでだった。

少しずつ周りが見え始め、極道に対する世間の目と現実がどういうものなのかを理解できるようになっていった。

みんな家では優しくて、時には冗談を言って笑い合う仲間だけれど、一歩外に出れば違う。時には人を傷つけ、争いに巻き込まれることも少なくなかった。

少しずつ俺が一堂組の息子だということが知れ渡っていき、友達がひとり、またひとりと離れていった。

最初は悲しかったし、家は関係ない、自分自身を見てほしいと思っていたが、世間の極道に対する見方を知ったら、そうは思わなくなっていった。

早々《そうそう》に竜也は私立小学校に転入したにもかかわらず、俺が腐らずに通い続けることができたのは梅乃がいたからだ。

俺が一堂組の息子だと知っても、菊谷とともに変わらず接してくれた。それがどれほど嬉しかったか……。

中学校も学区内に進学し、相変わらず菊谷以外は声をかけてこなかったけれど、一堂組を恐れて嫌がらせをされることもなかった。

ひとりで自由にのんびりと学校生活を送りながら、別の中学校に進学した梅乃と他愛ないやり取りをするのが、なによりの楽しみになっていた。

梅乃は明るくて優しくて、誰とでも仲良くなれる子だ。だから梅乃を狙う男子がいないか、それだけが心配だったが、毎回さり気なく聞いても色恋の話はいっさい出てこなかったから完全に安心しきっていた。

梅乃が中学校でいじめを受けていたと知ったのは、高校に進学してからだった。俺にはなにも告げずに梅乃とともに全寮制の高校に入った菊谷から言われるまで、俺はなにも知らなかった。

持ち前の明るさと優しさで中学校三年間も楽しく過ごしているだろう。そう思っていたのに、いじめの原因が俺だと知り、ますます後悔で圧し潰されそうになった。俺と仲良くならなければ、梅乃がいじめられることはなかった。俺のせいでつらい思いをさせていた。

そう思えば思うほど後悔し、そして自分の気持ちにも気づいてしまった。こんなにも胸が苦しくなるのは梅乃のことが好きだからだと。

だけど俺の存在は梅乃の幸せの邪魔にしかならない。誰も知らない高校に進学し、友達もできたと菊谷から聞いていた。

それなのにまた俺と関わっていると知られたら、再び梅乃は孤立してしまう可能性がある。そう思った俺は彼女の幸せを願って連絡をいっさい断った。

高校に進学して初めての夏休みを迎えた時に、母が夏風邪をこじらせて入院となった。肺炎と診断され、そこからはあっという間だった。

病室のベッドで横たわる母は起きている時間が短くなっていき、俺に最期の言葉を残して二日後、静かに息を引き取った。

自分の人生など、最初から決まっていた。一堂組に生まれた以上は普通の暮らしはできない。俺と関わればみんな嫌な思いをする。

抜け出せない運命なら、早くにその運命を受け入れるべきだと思った。ズルズルと友達もいない、ただ勉強するためだけの高校に通ったって意味がない。

それに梅乃とだって会えないのなら、普通の高校に通う必要もなくなったのだから。潔《いさぎよ》く高校を中退した俺に、父も組のみんなも喜んでくれた。すると俺と張り合うように竜也も高校に進学することなく組の一員として働き始めた。

俺は若頭という立場で父について、多くの会合に参加した。時には命を狙われ、組同士の抗争に巻き込まれたこともあった。

だけどこれが俺の生きていく世界であって、これが日常なんだと徐々に感覚がマヒしていったんだ。

そして二十歳を迎えた誕生日に背中に入れ墨を入れ、この組を背負って生きていくと覚悟を決めた日の夜。父に誘われて自宅の縁側に並んで座り、月夜を眺めながら初めてふたりで酒を酌み交わした。

「なぁ、京之介。今さらだが、お前は本当にこの世界に身を置いて後悔しないのか?」

「本当に今さらだな。なんで急にそんなことを言うんだ?」

酒に酔ったのかと思ったが、父は至って真面目な顔で続けた。

「時々な、亡くなった母さんのことを思い出す時がある。……あいつは自分の生まれた家のことを死ぬまで恨んでいただろ?」

俺と竜也が極道の世界で生きていくことを、いつも反対していた。

「今だから言うが、きっかけはどうであれ、俺は母さんを愛していた。だからどんなかたちであっても最後まで夫婦でいたかったんだよ」

初めて聞く父の胸の内に、俺は驚きを隠せなかった。

父はいつも母を避けていたし、同じ家に住んでいても顔を見に行こうともしなかった。

「だけどなぁ、それは俺のエゴだったんだろうな。極道の世界から出たいという好きな女の願いを叶えてやるべきだった。そうすればあいつは、今も生きていたかもしれねぇ」

すると父は切なげに瞳を揺らして、月を見上げた。

「きっとあいつは生きていたら、間違いなくお前と竜也を連れて家を出ていただろう。べつに直系だからといって跡を継ぐ必要はねぇ。うちには組長の器に値する若いもんがいるしな。俺は周りがどんなに反対したってお前が組を抜けたいと言ったら抜けさせる覚悟でいる。だから俺の座に就く前によく考えろ」

「父さん……」

「……あぁ」

父は俺が組を継ぐと決めてから、一度も俺になにかを指示したことも、指導したこともなかった。

ただ、ここで生きるには仲間を作れと言っただけ。その教え通り、組の中でも派閥《はばつ》があることを知り、自分の味方を作っていった。

先に忠誠を誓ってくれたのが、母とともに一堂組にやって来た矢口だった。弟も俺を真似て自分の派閥を作り、組は俺と竜也の派閥に分かれてしまった。

それでも父が間に入ってくることはなかった。それなのになぜ今さらそんなことを言うのだろうか。

この時の俺には理解できなかったが、わずか一年後に梅乃と再会して知ることになる。

母が最期に残した言葉のように、俺にはこの世界で生きていく覚悟ができていなかった。堅気の世界に未練を残したままで、一堂組をまとめることなどできるはずがない。

俺は極道の世界から抜け出して、自由に生きたい。梅乃のそばにいてもつらい思いをさせない人間になりたい。

その思いは強くなり、俺はケジメとして指の一本や二本失う覚悟で足を洗いたいと父に告げた。

しかし父は反対することもなく「わかった」と一言だけ。

それから数日後にみんなの前で俺が抜けることが正式に発表され、ケジメとして俺は今後なにがあろうと一堂組の敷居を跨《また》ぐことを禁止された。

そして父と親子の縁、竜也との兄弟の縁を切ることを約束させられた。

反対する者も多い中、俺は身ひとつで一堂組を出た。しかしそれは違ったんだ。あとから合流した矢口に父は、手切れ金だと言ってしばらく矢口と生活するには困らない多くの額を持たせてくれたのだ。その日は涙が枯れるほど泣いて父に感謝した。

それから父が渡してくれた資金を元に、俺は起業への道に進んだ。

梅乃と一緒に生きていくと決めた以上、しっかりとした生活基盤が必要だ。

だが高校中退の俺にはまともな就職先などない。だったら自分で会社を興《おこ》せばいいと単純な発想だった。

苦労もあったが矢口の力もあり、上場まで果たせる会社にすることができた。

独学で学んだプログラミングのおもしろさにどっぷりとハマり、その魅力にとりつかれた。頼もしい仲間に出会えたのも大きい。

そうしてやっと梅乃の隣に並んで立てるようになったというのに、神様は残酷だった。梅乃には結婚を考えている恋人の存在がいた。

「絶望からよくここまで来たよな」

月曜日の朝、矢口が淹れてくれた珈琲を飲みながらタブレットで会議の資料に目を通している中、ぽつりと漏れた声。

「なんですか、急に。なにに絶望したんですか？」

すかさず俺の声を拾った矢口に「なんでもない」と言って、再び資料に目を通していく。

しかし珈琲を飲んでいると、どうしても昨日の楽しい記憶が蘇って口もとが緩んでしまう。

梅乃の父が淹れた珈琲は、もちろん矢口が淹れた珈琲にはかなわないが、俺のために淹れてくれたと思うと世界で一番美味しく感じた。

俺が極道の世界にいたことを知っていながら快《こころよ》く招待し、もてなしてくれたふたりには感謝しかない。

どうやらふたりは、俺と梅乃が付き合っていると勘違いしているようだったが、それもいつか勘違いから事実にすればいいだけだ。

「どうやら昨日の梅乃ちゃん宅訪問がよほど楽しかったんですね。ですがそのだらしない顔ではこれから会議でなめられてしまいますよ」

「……わかってる」

からかい口調で言われ、残りの珈琲を飲み干しながらぶっきらぼうに答えた。

「ですが社長が幸せならなによりです。それで梅乃ちゃんとはやっと恋人になれたのですか？」

「いや、まだだ」

俺は何度も梅乃に気持ちを伝えているが、梅乃がそれに応えてくれたことはない。だが、嫌いな相手と食事に行ったり家に招待したりするだろうか。少なからず好意を抱いてもらえていると思いたい。

「そういえば前から思っていたけど、梅乃のことを〝梅乃ちゃん〟って呼ぶのはやめろ」

「え？　なぜですか？　皆さんそう呼んでいるじゃないですか」

「なんでもだ。……なんか嫌なんだよ」

会社のみんなには言えない本音をぶつけると、矢口は目を見開いた後、口に手を当てて必死に笑いをこらえ出した。

「それは大変失礼いたしました。ですが、今さら呼び方を変えたら梅乃ちゃんも不思議に思うでしょう。もしかしたら、悲しまれる可能性もございますよ？」

「それは……っ」

「ですから今後も梅乃ちゃんと呼ばせていただきます」

笑顔で俺を論破した矢口は、本当に食えない奴だ。一堂組を一緒に出てついてきてくれたのが矢口でよかったと思っているが、敵には絶対に回したくない。

言い返す余地を与えてもらえず、渋々「わかった」と了承するしかなかった。

「ところで若、ちょっといいですか？」

「……どうした？」

会社で矢口が俺のことを〝社長〟ではなく、〝若〟と呼ぶことは滅多にない。プライベートの時だけだ。ということは、仕事に関する話ではないのだろう。

いつになく真剣な面持ちで切り出した矢口に緊張がはしる。

「組の者から聞いた話なんですが、水無瀬《みなせ》組のやつらがなにやらここ最近、怪しい動きを見せているようです」

「水無瀬の者が？」

「はい。もしかしたらまだ若が一堂組を継ぐと疑っているのかもしれません」

「そうか」

深いため息を吐きながら、椅子の背もたれに体重を預けた。

水無瀬組とは昔からよく敵対していた。といっても、向こうが一方的に一堂組を敵対視し、うちのシマを荒らしていたからこっちも動かざるを得なかった。それで何度か抗争を繰り返している。

「俺はもう二度と一堂組の敷居を跨げないっていうのに、どうして今も警戒されるんだか……」

俺と同い年の水無瀬組の息子にとくに昔からライバル視されていて、これまでも何度か奇襲に遭《あ》ったことがある。問い詰めたら、俺がまた組に戻ってくるという根も葉もない噂が流れていたらしい。

表社会に出たと見せかけて資金を集め、独立するのではないかという憶測《おくそく》まで流れているというから驚きだ。

「それだけ若のことを警戒している証拠でしょう。それに一堂組は今、竜也坊ちゃんと若い衆のどっちが若頭に就くかで揉めていて不安定なので」

「そうなのか」

竜也とは家を出てからというもの、一度も連絡を取っていない。そもそもお互い極道の世界で生きていくと決めてから、まともに話すこともなくなっていた。

昔は仲が良かったが……。竜也が常に俺の後ろを付いて回っていた頃が懐かしい。

「まぁ、若に毎回返り討ちにされていましたし、そうのこのこと襲ってはきませんでしょうが、一応警戒しておいてください。とくに今は梅乃ちゃんとうまくいっていて緩んでいるので、よりいっそうの注意が必要ですよ」

「……わかってるさ」

矢口は一々棘のある言い方をする。

「それならいいですが。返り討ちにするにしても、変に問題を起こさないでくださいね。会社の人たちにはわたしたちの過去を知られるわけにはいきませんから」

「あぁ」

みんな俺を信じてついてきてくれた。それなのにそんな俺が元極道だと知ったら、どう思うか……。この秘密だけは絶対に守ってみせるさ。

「会議は十一時には終了の予定となっております。昼食はいかがなさいますか？　また梅乃ちゃんの尻を追っかけて社員食堂に行かれるのですか？」

「本当に一々突っかかってくるな」

「私は事実を述べたまでです」

しれっと嫌味を言う矢口に呆れてしまう。

「あぁ、梅乃と一緒にランチをするよ。だけど、そうだな。十一時に終わるなら梅乃の今日の休憩時間を確認してどこか予約しておいてくれないか？」

たまには会社の外で食事をするのもいいだろう。社員食堂ではなにかと視線が気になるようで、梅乃もゆっくり食事を楽しめていないことが多いから。

それは俺のせいだとわかってはいるが、社内で俺と梅乃の関係を根づかせておけば、梅乃に手を出そうと考える男は現れないだろう。

そのためにも、今後も定期的に梅乃と社員食堂で昼食をとるつもりだ。

「かしこまりました。ついでに梅乃ちゃんにもランチのお誘いをしておきましょうか？」

「そうしてくれると助かる」

矢口と話し込んでいたおかげで、資料をまだ読み終わっていない。

「それでは社長は会議に集中してください。梅乃ちゃんは私からうまく誘っておきましょう」

「頼む」

一礼して矢口は社長室から出ていった。

昼休みに梅乃とランチできると思うと、憂鬱な会議も頑張れそうだ。残りの資料に急いで目を通し、Ｗｅｂ会議に臨《のぞ》んだ。


「うわぁ、素敵なお店だね」

「あぁ、そうだな」

昼休みになり、矢口に送ってもらってやって来たのは都内にあるカフェレストラン。オーナーの奥さんが隣の花屋を経営しており、レストラン内はドライフラワーや生花で彩《いろど》られていた。

「ご注文が決まりましたら、ベルでお呼びください」

店員が去って行った後も、テーブルに飾られている花や店内をキョロキョロと見回す梅乃が可愛い。

それにしても矢口はよくこんな店を知っていたな。俺だったら見つけられない店だった。

やっとメニューを見始めた梅乃と一緒に目を通す。

「うーん、迷うね。京之介君はなににする？」

「俺は梅乃が迷っているものでいいよ。そうしたらどっちも食べられるだろ？」

思ったことを言ったものの、なぜか梅乃は恥ずかしそうにメニューで顔を覆い、近くにいた女性客は悲鳴にも似た声を上げた。

「京之介君、私のことを甘やかしすぎだよ」

「えっ？」

思いもよらぬ言葉をかけられ、目を瞬かせてしまう。

「こういう時は京之介君が食べたいものを食べて」

まるで子供を叱るように言う梅乃には悪いけど、その姿も可愛いからたまらない。

「わかったよ。じゃあふたりとも注文する料理が違ったらシェアしよう」

「うん」

やはり梅乃は色々な料理が食べたかったようで目を輝かせたものだから、たまらず笑ってしまった。

俺はピザ、梅乃はパスタセットを注文して運ばれてきた料理は、約束通りシェアした。

「お花に囲まれて美味しい料理を食べられて幸せだった。京之介君、今日は誘ってくれてありがとう」

「いや、こっちこそ付き合ってくれてありがとう」

満面の笑みで言われると、こっちまで嬉しくなるよ。

自分の分は出すと最後まで言った梅乃を押しとどめて、会計を済ませ、外に出た。

あと五分ほどで矢口が近くのパーキングに迎えに来ることになっている。

ゆっくり向かおうと歩を進めるも、なぜか梅乃は動こうとしない。

「梅乃？」

立ち止まって振り返り、彼女の様子を窺う。すると梅乃は頬を赤く染めて俺を見つめた。

「あの、京之介君……！　今度、ふたりでどこかに出かけない？」

「えっ」

まさか梅乃から誘ってもらえるとは夢にも思わず、思考が一時停止した。

「もちろん仕事や用事を優先してね。ただ、その……予定がなかったら、ふたりでどこかに行きたいなって思って。……どうかな？」

恥ずかしいのか、潤んだ目で聞かれ胸がギュッと締めつけられて痛くなる。

「もちろん行くよ」

嬉しさを噛みしめながら答えると、梅乃はホッとした顔を見せた。

「よかった……っ！」

そんなに俺と出かけたかった？　そんな表情を見せられたら自惚《うぬぼ》れそうになる。

「いつ、どこに行くかはこれから決めようね」

「あぁ、わかったよ」

それからふたりでゆっくりとパーキングへと向かい、矢口が運転する車で会社へと戻った。

その日の夜、さっそく梅乃と出かける日を決めた。今週は俺が仕事関係のパーティーに呼ばれているため、来週末に出かけることになった。

行き先は関東圏にある国営公園。広大な広さの園内には季節ごとに様々な花が咲いており、サイクリングやパターゴルフ、アスレチックに遊園地もある。

たまには身体を動かそうとなりそこに決めた。

さっそく俺は国営公園のガイドブックを本屋で購入し、週明けから隙間《すきま》時間に読んではふたりでどんな風に過ごすかを考えていた。

「社長、デートプランを練るのもいいですが、新アプリのプロモーション企画案にも目を通してください。うまく戦略を練らないとせっかくの新アプリがライバル会社の新作に埋もれてしまいますよ」

「わかってるよ、ちゃんと考えている」

週末を心待ちにしながら迎えた水曜日。この日は打ち合わせが長引いて梅乃とランチすることは叶わず、矢口に買ってきてもらった弁当で済ませ、午後の勤務に当たった。

そして定時から一時間が過ぎ、仕事の目処《めど》が立った頃。

「そろそろ帰るか」

キリがいいところで終わりにして、矢口に声をかけようと席を立った時、珍しくノックもなしに矢口が部屋に入ってきた。

「大変です！」

取り乱した様子の矢口に、心がざわつく。

「どうしたんだ？」

矢口は焦った様子で話し出した。

「今、組の者から連絡があって。どうやら誰かが梅乃ちゃんを屋敷に連れ去ったようなんです」

「梅乃を？」

「はい。今、一堂組の座敷にいるのは羽田梅乃で間違いないかと、写真が送られてきました」

スマートフォンを操作して見せられた画面には、たしかにうちの座敷の中央に怯《おび》えながら座る梅乃が写っていた。

「どうして梅乃が……？　とにかく行くぞ」

怯えた梅乃の姿を見たら居ても立っても居られなくなり、急いで向かおうとしたがすぐに矢口に止められてしまった。

「なにを言ってるんですか、組長と交わした約束をお忘れですか⁉」

「今はそれどころじゃねぇだろ⁉」

掴まれた腕を大きく振り払い、再びドアに向かい出した俺を矢口は引き止めた。

「落ち着いてください。組長と交わした約束は絶対です。それがわたしたちのいた世界のルールでしたでしょう。今、なぜ彼女が連れていかれたのかを調べさせているので、どうか冷静になってください」

「……っくそ！」

ドアを思いっきり叩いて、やりきれない思いをぶつける。

極道の世界から足を洗えば、梅乃につらい思いをさせることはない。幸せにできると信じていた。

だけど、それはとんだ思い違いだったのかもしれない。どんな新たな人生を歩んだって俺が極道の世界にいた事実は消えない。

背中に彫った入れ墨のように、一生逃げることができない運命なのかもしれない。

「抜けたとはいえ、元仲間に連れていかれたんです。彼女に危害を加えることはないはずです。理由がわからない今は一堂組の屋敷近くで待機し、連絡を待ちましょう」

「……あぁ」

いったい誰が梅乃を連れていった？　若いやつらがやったとは考えにくい。ということは父か竜也？

いや、父に限ってそれはあり得ない。じゃあ竜也なのか？

たしかに竜也とはお互い極道の世界で生きていくと決めてからは、まったく話をしなくなった。それは竜也が組長の座を諦めていなかったからだ。

だから一堂組は俺か竜也のふたつの派閥に分かれてしまった。しかし、それは昔の話だ。俺には組を継ぐ意志はないし、さすがの父も竜也を押しのけて若いやつに継がせることはないだろう。

それじゃなぜ梅乃は連れていかれたんだ？

理由がわからないから不安になる。それと同時に、梅乃に怖い思いをさせていることが申し訳ない。

足を洗えば、二度と家のことで梅乃に嫌な思いをさせることはないと思っていたのに、違ったのだろうか。

俺では梅乃を幸せにすることはできないのだろうか。

梅乃のことが心配でたまらず、様々な不安が脳裏に浮かんで心が落ち着かない中、矢口とともに会社を後にした。

あなたが生きてきた世界

【じゃあ開園と同時に行って、まずは遊園地でアトラクションにたくさん乗るのはどうだ？】

【いいね、その後はパターゴルフがしたい。私、やったことがないの】

【俺もないからいい勝負になるかもしれないな】

水曜日のランチ時、カフェには多くの人がいるというのに、京之介君とやり取りしたメッセージ文を読み返しては頬が緩んでしまう。

「ちょっと、なにを見てニヤけているの？」

「悠里！　着いたなら連絡してよ」

いつの間にか目の前に座って私の様子を窺う悠里をジロリと睨んで言えば、彼女はからかい口調で話し始めた。

「だって、外から梅乃があまりに幸せそうにスマホを見ながら微笑んでいるのが見えたからさ。なに？　一堂とのメッセージを見てニマニマしていたの？」

図星をつかれて恥ずかしくなり、「違うよ」と誤魔化しながらスマートフォンをバッグにしまった。

「えぇー、べつに隠すことないじゃない。梅乃から昨日のうちに一堂と今度デートして告白するって聞いているし」

「そうだけどっ……！　なんか恥ずかしいじゃん」

羞恥心を押し殺して言った私を見て、悠里は「あらあら、すっかり恋する乙女になっちゃって」と言いながら生温かい目を向けてくるものだから居たたまれなくなる。

「それで一堂への告白の仕方について、悩んでいるってことだけど」

「うん、そうなの」

自分からデートに誘って告白すると決めたものの、いつ、どのタイミングでなんて切り出したらいいのかわからなくて、悠里に助けを求めた。

電話やメッセージではあれだから、ランチをしながらそこで相談に乗ってあげると言ってくれたのだ。

まずは店員に本日のオススメランチプレートを注文し、食前にお願いしたアイス珈琲でお互い喉を潤す。

「それで話の続きだけど」

「うん」

つい前かがみになって悠里の答えを待つ。

「ぶっちゃけ、告白に決まったシチュエーションやベストタイミングなんてないよね」

「……え」

あっけらかんと言う悠里に目が点になる。

「だってさ、告白なんてその時の雰囲気とタイミングじゃない？　梅乃が一堂に伝えたいって気持ちが最高潮《さいこうちょう》になった時が告白のタイミングだから。だから土曜日はいったん告白することは忘れて、一堂と楽しむことが先決だと思う」

「なるほど」

それも一理《いちり》ある。朝からずっと告白するって意気込んでいたら、せっかくのデートが楽しめない可能性がある。

「気持ちを伝える方法は、なにも言葉で伝えるだけじゃないでしょ？　梅乃が一堂と一緒にいる時に心から楽しんでいたら、自然と一堂にも伝わるんじゃないかな」

そうかもしれない。私も京之介君のふとした気遣いや笑顔に、愛されているとひしひしと実感する時がたくさんあるもの。

「振られることは一〇〇パーセントないんだから、気負わずに楽しんできたらいいのよ。わかった？」

「うん」

悠里らしいアドバイスに、笑みが零れる。

ちょうど注文したランチプレートが運ばれてきて、ふたりで美味しいパスタやグラタンに舌鼓《したつづみ》を打つ。

「だけど、やっと一堂の長年の想いが実るのかと思うと感慨《かんがい》深いわ。それに一堂なら間違いなく梅乃を幸せにしてくれるしね。私も自分のことのように嬉しい」

「悠里……」

本当に悠里は昔からずっと私に寄り添い続けてくれたよね。

「今度は私が幸せになる番かなー。あぁー、いい出会いが欲しい」

「ふふ、そうだね。……今度は私が悠里のために力になる番だよ。なにかあったらいつでも頼ってよ？」

悠里のためならなんだってするから。

「それは頼もしいね。その時は当然一堂より私を優先してくれるんでしょ？」

「もちろん」

即答すると悠里は笑って「一堂が聞いたら泣くよ」と言いながらも、どこか嬉しそう。

「ありがとう。親友って大人になるほどかけがえのない存在になるね」

「そうかもしれないね」

歳を重ねるごとに交友関係は狭まっていき、大人になっても連絡を取り合っているのは悠里だけだ。

だけどたったひとりでも心から信頼できる友人を持てた私は、とても幸せだと思う。

「デートと告白の結果報告を楽しみに待ってるよ」

「うん、すぐに報告するからね」

それから時間ギリギリまでふたりで過ごした。

午後の勤務も終わり、お迎えがある有賀さんは早々《はやばや》と退社した。私も定時を十五分過ぎたところで仕事を切り上げ、残っている同僚に挨拶をしてオフィスを出た。

エレベーターを待つ列に並び、スマートフォンをチェックする。順番が来てエレベーターに乗り、一階に着き、ビルの外に出た。

ちょうど帰宅ラッシュの時間ということもあり、歩道には多くの人が駅に向かっている。

いつものように満員電車に揺られ、最寄り駅に到着後に徒歩で自宅へと向かった。

「あ、そうだ。お母さんに連絡をしないと」

いつも夕食の準備もあるから、会社を出たら必ず連絡してって言われているのに、つい忘れてしまう。

足を止めて、母に送るメッセージ文を打ち込んでいく。

【もう電車を降りて、家に向かっているところだよ】と送り、再び歩みを進めようとした時、私の横に黒のセダンが停まった。

そしてすぐに助手席のドアが開き、黒のスーツを着た三十代くらいの体格のいい男性が降りてくると、その男性の鋭い目が私をとらえた。

「羽田梅乃さんですか？」

「そうですが……」

面識がない人なのに、どうして私の名前を知ってるの？

警戒心を募らせ、一歩後退《あとずさ》る。

「一堂組の者です。竜也さんがあなたと話したいというので、すみませんが一緒に来てくれませんか？　もちろん危害を加えるつもりはないですし、話が終わり次第家に送ります」

「竜也さん、ですか？」

一堂組は京之介君の実家だよね？　竜也さんって誰だろう。一堂組の人だろうけど、その人がいったい私になんの話があるというのだろうか。

男性は危害を加えないと言っているけれど、確かな保証などない。どうしよう、逃げるべき？　家まではそう遠くないし、全力疾走すれば逃げきれるかもしれない。

「はい、京之介さんの弟です。竜也さんが京之介さんのことで話がしたいそうです」

「え、京之介君のことですか？」

京之介君が極道の世界から抜ける際、まぁまぁ円満に抜けられたって言っていたけれど、そうではなかった？

でも私は、組のこととはなにも関係ない。だったら家族として私に話があるってこと？

その可能性がある以上、話を聞かないわけにはいかないよね。本当はすごく怖いけれど、この男性が嘘を言っているようには見えないし、なにかあったらすぐに通報できるようにスマートフォンは手に持っていればいい。

「わかりました。行く前に母に遅くなると連絡を入れてもいいですか？」

「はい、もちろんです」

了承を得て母にメッセージを送り、後部座席に乗った。

「では、出発します」

運転士さんはゆっくりと車を発進させ、一堂組の家へと向かった。

高いコンクリートの塀が続く先を曲がり、二十メートルほど進むと大きな玄関が見えてきた。ロータリーに車を停めると、男性はすぐに降りて後部座席のドアを開けた。

「どうぞ」

「すみません、ありがとうございます」

恐縮しながら降りると、ライトアップされた立派な日本庭園が見えた。庭の中央には池もあるようだ。

男性の後に続いて玄関に向かう途中、いくつもの防犯カメラがあることに気づく。それに玄関も頑丈な造りとなっている。

幼い頃に京之介君と一緒に帰った際に、何度も家の前を通ったことがあるけれど、こうやって高いコンクリートの塀の中に入るのは初めてだ。

広々とした玄関先には胡蝶蘭《こちょうらん》の花が飾られていて、他にも高価そうな壺が並べられている。

靴を揃えて上がり、廊下を進んで案内されたのは二十畳ほどの和室。その中央に座《ざ》布団《ぶとん》を敷くと、男性は私に座るよう言う。

「今、若いのにお茶を用意させるんで、少々お待ちください」

「わかりました」

言葉通りすぐに二十代くらいの若い男性がお茶を持ってきてくれたものの、「失礼します」と言って部屋から出ていった。

ひとり残された私は落ち着かなくて、窓の外に見える日本庭園に目を向けた。

ここが京之介君が生まれ育った家なんだ。

和室にも大きな掛け軸があり、他にも花瓶や壺が飾られている。ここには、京之介君の家族以外の人も一緒に住んでいるのかな？　さっき、お茶を運んできてくれた男性の服装がすごくラフなものだったし。

車に乗ってからずっと緊張しっぱなしだ。それにいくら色々なことを考えても、手の震えが止まらない。

京之介君の弟さんだという竜也さんの話ってなんだろう。京之介君は今も竜也さんと連絡を取っているのだろうか。

まったく竜也さんがなにを話したいのかが予想できない中、遠くのほうから複数の足音が聞こえてきて緊張が高まる。

「おい、ちゃんと丁重にお連れしたんだろうな？」

「はい、もちろんです」

そんなやり取りをしながらやって来たのは五人の男性だった。全員がスーツを着ていて目つきが鋭く、怖くて怯《ひる》んでしまう。

するとひと際背が高く、先陣を切って部屋に入ってきた二十代くらいの若い男性が私を見て目を見開いた。

「おい！　なにビビらせてんだ‼　丁重にって言っただろうが！」

「すいません！」

大きな声にびっくりして肩をすくめる。深く頭を下げた男性に向かって舌打ちをした後、再び若い男性は私を見据えた。

「すみません、驚かせて。初めまして、一堂竜也と申します」

膝を折って畳に手をつき頭を下げたのが、京之介君の弟の竜也さんだった。

「あ……初めまして。羽田梅乃といいます」

ついさっきものすごい形相で大声を出していたとは思えないほど、竜也さんは朗《ほが》らかに私を見つめている。

切れ長の瞳を細めて笑った顔は京之介君そっくりだ。

竜也さんの後ろに四人も正座した。

「こんなところ、来たくなかったですよね。だけど、どうしても一度、兄貴の彼女にきちんとご挨拶がしたかったんです」

「ご挨拶、ですか？」

「はい」

笑顔で返事をした竜也さんに拍子抜けしてしまう。

「この前、若いもんが偶然に兄貴と一緒にいるところを見たって聞きまして。調べさせたら兄貴の会社では公認の仲だっていうじゃねぇっすか。そりゃ弟としてしっかりと挨拶するべきだと思った次第です」

上機嫌で話す竜也さんは、嘘をついているようには見えない。じゃあ本当に挨拶のために私を呼び出したってこと？

「こっちからご挨拶にと思ったんですが、なんせうちの家業が家業なもんで……。人目につく外より、うちに足を運んでもらったほうがいいと判断したんです。っていうのを、こいつはちゃんと説明しましたか？」

そう言って竜也さんは、私をここまで連れてきてくれた男性に鋭い目を向けた。途端に男性は俯き、膝の上で拳を握った。

これは正直に言わないほうがあの男性のためだと判断し、「もちろんです」と答えた。

「それならいいっすが……」

不服そうながらも、私がそう言った手前竜也さんもそれ以上追及しなかった。

ここでただ、竜也さんが話したいことがあるとしか言われていませんでしたなんて言ったら、あの男性は殴られそうな雰囲気だったよね。

私の勘は間違っていなかったのか、チラッと男性を見ると私に向かって頭を下げた。

どうやら正解だったようだ。よかった、正直に言わなくて。

小さく胸を撫で下ろし、竜也さんを見るとなぜか切なげに瞳を揺らした。

「兄貴から俺の話を聞いたことはありますか？」

「……えっと」

弟さんがいることを初めて知ったから言葉が続かない。それを察したのか、竜也さんは目を伏せた。

「聞いていないっすよね。当然です、兄貴にとって俺はいい弟ではないと思うんで」

無理して笑いながら言う竜也さんに、なんて言葉をかけたらいいのかわからない。

ふたりの仲は悪かったのだろうか。

京之介君は極道の世界から抜けたけれど、家族とはどうなの？　弟さんだけじゃなくてご両親だっているよね。

気になるけれど私からは聞けない。すると竜也さんはゆっくりと口を開いた。

「俺たちの母親も極道の家のもんで、母親はこの家業を毛嫌いしていました。しかし、父親と結婚させられて俺たちが生まれたんですけど、母親は俺と兄貴に無理して家を継ぐ必要はない、自由に生きていいと何度も言っていました。……その母親も十年以上前に亡くなったんですけどね」

私……少しずつ京之介君のことを知ることができていると思っていたけれど、全然知ることができていなかったんだ。

「最初は俺も母親の影響で家業を毛嫌いしていたんですけど、父親の姿を見てその考えは変わっていきました。それにこいつらみんないいやつでしてね、こいつらを守るために強くなりたいって思うようになったんです」

後ろにいる男性たちを見る竜也さんの表情は柔らかく、仲間を大切に思う気持ちが伝わってきた。

「その一方で、強い気持ちがなければこの世界で生きていけないっていうのも痛感しました。正直、死と隣り合わせの世界でもありますからね。……だから兄貴にはこの世界で生きてほしくなくて、なんとしても俺が組長の座に就こうと躍起《やっき》になっていました」

竜也さんは小さく息を吐き、ゆっくりと続けた。

「昔から兄貴はこの世界で生きていくべきではないと思っていたんです。それに、長男に生まれたからという理由だけで無理に継ごうとしているようにも見えました。兄貴は幼い頃から本当に優しくて、いつも俺を気遣ってくれて。かけがえのない存在です。そんな兄貴には堅気の世界で自由に生きてほしかったんです」

私は口を挟むことなく竜也さんの話に耳を傾けた。

「兄貴にはこの世界で生きていくことを諦めてほしいって思いが強すぎて、言葉を交わす機会が減っていきました。組内でも俺と兄貴を支持するそれぞれの派閥ができて、気軽に話せなくもなっていったんです。だけど兄貴が二十一歳の時に、突然堅気の世界で生きたいと言って、ケジメとして俺たち家族とも縁を切って一堂組から出ていきました」

そう、だったんだ。京之介君は極道の世界から出るために、ご家族との縁まで切っていたんだね。京之介君はどんな思いでその条件を受け入れたのだろうか。

「俺、昔から自分の気持ちを言葉にして伝えることが苦手で……。母親が亡くなった時も、最後に母親と話す機会があったのに悲しくてつらくて、最後まで感謝の気持ちを素直に言うことができませんでした。兄貴に対しても同じです。どれだけ兄貴のことが好きか伝えられなかった」

そう話す竜也さんは苦しそうに唇を噛みしめた。

「せめて兄貴の幸せを見守ろうと決めたんです。でも、実際に兄貴に恋人ができたって聞いたら居ても立っても居られなくて……。すみません、どうしても直接会って兄貴のことを俺の口から伝えたかったんです」

「……そうだったんですね」

竜也さんが私に会って話したいという本当の理由を知り、温かい気持ちでいっぱいになる。彼は本当に京之介君を大切に想っているんだね。

「今後も俺は兄貴と会うつもりはないですし、羽田さんと会うのも今日が最初で最後にします。だからどうか、兄貴のことをよろしくお願いします！」

「「お願いします!!」」

深く頭を下げた竜也さんに続き、後ろの男性も額が畳に付くほど頭を下げた。

「顔を上げてください。……それに私、京之介君とは小学生からの知り合いで事情は知っていましたから」

「え？　マジすか？」

勢いよく顔を上げた竜也さんは驚きの表情を見せた。

「はい。京之介君が優しい人だってこともちゃんとわかってます」

竜也さんを安心させたくて言うと、彼は目を細めた。

「そうだったんすね、そっか。よかった」

その表情はやっぱり兄弟だ、本当に京之介君に似ている。

「私も、京之介君を大切に思ってくれる弟さんがいると知ることができてよかったです。……竜也さんの気持ちを京之介君にお伝えしましょうか？」

極道の世界のことはよくわからないけれど、ケジメとして家族との縁を切ったということは、二度と会えないということだろう。それでは竜也さんの気持ちは永遠に京之介君に届かない。

しかし竜也さんは小さく首を横に振った。

「いいえ、伝えないでください。……兄貴には俺に嫌われていると思ってもらっていたほうが幸せだと思うんです。それなら絶対にうちにも寄りつかないだろうし。こうして羽田さんに知ってもらえただけで十分です」

それでいいのかな？　本当に京之介君は竜也さんのことを嫌っているの？　やっぱ

り会えないならなおさら今からでも伝えるべきじゃないですか？　と言おうとしたものの、再び「どうか兄貴のことをよろしくお願いします」と頭を下げられ、グッと言葉を飲み込んだ。

安易に人の気持ちを伝えるべきではない。竜也さんの言うように、知らないほうがいいこともあるのかもしれない。

そう自分に言い聞かせた時、「おい、大切な客人をどうしてこんな部屋に案内したんだ」と怒りのこもった声が耳に届いた。

竜也さんたちはすぐに立ち上がって深々と頭を下げた。

頭を下げた相手の白髪交じりの男性は、六十代くらいだろうか。着物を着た男性の右目近くにはナイフで切られたような傷跡がある。

「すみませんでした、親父」

親父ってことは、もしかしてこの人が京之介君のお父さん？

私も慌てて立ち上がり、頭を下げた。

「初めまして、羽田梅乃といいます。すみません、お邪魔しています」

突然現れた彼のお父さんに困惑しながらも挨拶をした。

「いや、どうせ竜也らに無理やり連れてこられたのでしょう。こっちこそすみませんでしたね」

優しい声色で言われて顔を上げると、京之介君のお父さんは竜也さんに「俺の部屋に甘いもんと珈琲を持ってこさせろ」と指示をした。

「梅乃さん、よかったら俺の部屋でお話させてくださいませんか？」

本音を言えば彼のお父さんと話す心の準備ができていないから断りたいところだけれど、さすがにそれはできない。

「はい、わかりました」

「ありがとうございます。では、こちらへどうぞ」

縁側を進んで向かった先は、立派な日本家屋からは想像できない洋室だった。

部屋の中央にはソファと大きなテレビがある。そして部屋の奥はキングサイズのベッドがあった。

さらに化粧台や本棚もあり、その本棚には料理や手芸など様々な本が並んでいる。

ついキョロキョロと見ながら、京之介君のお父さんと向き合うかたちでソファに腰を下ろした。

「ここは亡くなった家内の部屋でしてね。……竜也から聞きましたか？　あいつらの母親は家業を毛嫌いしていたことを」

「……はい」

返事をすると、京之介君のお父さんは苦笑いをした。

「俺のもとに嫁いでくるのも苦痛だったでしょう。その苦痛を少しでも和《やわ》らげてあげたくて、この部屋を用意したんです」

そう言って京之介君のお父さんは、部屋の中を見回した。

「そうしたらほとんどこの部屋から出てこなくなっちまいましてね。……家内が亡くなってから俺はあいつのことを少しでも感じたくて、ずっとここで寝ているんです」

竜也さんは家同士の繋がりでご両親が結婚したみたいに言っていたけれど、少なくとも京之介君のお父さんは亡くなった彼のお母さんのことを愛していたように思う。

だってそうでなければ亡くなって十年以上経つのに、いまだに部屋をそのままにしてそこで寝ているとは考えにくい。

「失礼します」

そう言って入って来たのは竜也さんで、言われた通りにクッキーと珈琲を運んできた。それをテーブルに並べ終えた竜也さんに京之介君のお父さんは「ここには俺たち以外誰もいない。お前も座れ」と言って、隣に座るよう指示した。

「あぁ」

言われた通りに竜也さんが腰を下ろすと、京之介君のお父さんは珈琲を飲みながら「会社で京之介はうまくやっていますか？」と聞いてきた。

「はい、もちろんです。仕事はもちろん、会社の人たちみんな京之介君を尊敬していますし、なにより誰からも好かれています」

だって社長応援隊なんてものがあるのだから。

私の話を聞き、京之介君のお父さんは目を細めた。

「さすが兄貴！」

そして竜也さんは満面の笑みで喜んでいる。

「そうですか、それを聞いて安心しました。京之介にはやっぱり堅気の世界が合っていたんだな」

「いや、兄貴の努力の成果だろ。なんだっけ？　プログラミング？　それを一から勉強したっていうじゃないか。兄貴は天才だよ。親父も誇らしいだろ？」

「そうだな」

京之介君の話をするふたりを見ると、本当に京之介君を大切に思っていることが伝わってくる。

「立ち上げた会社もうまくいっているようですし、梅乃さんのような女性がそばにいるなら安心だ。俺は父親らしいことをなにひとつしてやれません。……梅乃さん、今後もどうか俺たちに代わって京之介を支えてやってください」

「俺からもお願いします」

ふたりに深く頭を下げられ、慌てて「顔を上げてください」と言った。

「いつも支えられているのは私なんです。……だからこそ私も京之介君の支えになりたいと思っています」

まだ自覚したばかりの気持ちだけれど、京之介君を想う気持ちは今後も大きくなると思う。そして彼以上に好きになれる人とは出会えないとも思っている。だからこれからちゃんと想いを伝えて、ずっと一番近くにいたい。

「ありがとうございます。……いくら京之介のためとはいえ、いきなり家を追い出したわけですから、京之介の行く末が心配だったんですけど、もうその心配をする必要はないですね。あとは竜也、お前がしっかりと組のもんをまとめてくれたら、俺はいつ死んでもいい」

「おい、縁起《えんぎ》でもないこと言うなよ」

本気で突っ込む竜也さんに対し、京之介君のお父さんは笑いながら「冗談だ」と言う。そして真っ直ぐに私を見つめた。

「表立って動くことはできないですが、秘密裏《ひみつり》に助けることはできるので、なにかあったら俺たちを頼ってください」

「ありがとうございます」

「今日のことは、どうか京之介には内密にお願いします。家族の縁を切った以上、俺たちは二度と関わってはいけない。それが我々のルールなので」

「……わかりました」

やはり京之介君のお父さんも竜也さんと同じ考えなんだね。だったら私はそれに従うまでだ。

「その代わり、おふたりに京之介君のことを私から報告するのは大丈夫ですか？」

会うことが許されないのなら、せめて今後の京之介君のことを知ってほしい。その思いで言うとふたりは目を見開いた。

「いいんですか？　そんなことをお願いしても」

「そうなると俺たちと連絡を取ることになるっすけど、羽田さんは嫌じゃないんですか？」

口々に言われたことに対し、私は首を横に振って否定した。

「もちろんです。京之介君のご家族と今後もお付き合いを続けさせていただけたら嬉しいです」

するとと竜也さんはさっそくスマートフォンを手に取った。

「ありがとうございます！　じゃあさっそく連絡先を交換しましょう。あ、できれば仕事中の兄貴の隠し撮りなんかもお願いしたいっす」

「こら、調子に乗るな！」

京之介君のお父さんは竜也さんの頭を思いっきり叩いた。

「いってぇな、親父！　冗談だろうが！」

「冗談に聞こえなかったわ！」

軽快なやり取りに、私は思わず笑ってしまった。

「ったく、お前のせいで梅乃さんに笑われただろ」

「俺だけのせいじゃねぇだろ。親父が叩くのが悪いんだからな」

恥ずかしそうに言うふたりを見て、失礼ながら私の笑いは増すばかり。

「すみません、あまりにおふたりの仲が良くて……。頻繁に連絡をしますね」

竜也さんと連絡先を交換し終えると、京之介君のお父さんが時間を確認した。

「もうこんな時間か。遅くまで引き止めてしまいすみませんでした。責任を持ってご自宅までお送りしましょう」

「ありがとうございます」

とは言われたものの、まさか玄関先まで一家総出で見送ってくれるとは夢にも思わず、外に並ぶ組員の人たちにびっくりしてしまった。

「お気をつけてお帰りください」

腰を低くして見送られ、恐縮してしまう。

車の後部座席に乗り、窓を開けて見送りに出てくれた京之介君のお父さんと竜也さんに「今日はありがとうございました」と伝えた。

「こちらこそありがとうございました」

「兄貴の隠し撮り、楽しみにしてるっすね」

冗談を言った竜也さんを、京之介君のお父さんは「またお前は！」と叱咤《しった》しながら小突いた。

最初は怖くてたまらなかったけれど、ついてきて本当によかった。京之介君が生まれ育った世界を知ることができたし、彼の家族にも会い、その本心を知ることができたのだから。

ゆっくりと車が走り出すと、外に並んで見送ってくれている組員の人たちは深く頭を下げた。

「家までの道の案内をお願いしてもいいですか？」

「はい」

ドライバーに道順を説明し、背もたれに体重を預けて窓の外の景色に目を向けた時、車は急停止した。

「すみません、大丈夫ですか？」

「はい、大丈夫ですけどなにがあったんですか？」

びっくりしながらも前方に目を向けると、目の前には高級そうな大型ミニバンが停まっていた。

「それが急にこの車が前に割り込んできまして。ちょっと待っててください。もしかしたら水無瀬組のやつらかもしれません」

水無瀬組ってことは、極道のことだよね？

一気に緊張がはしる中、ドライバーが警戒しながら車から降りようとするより先に、ミニバンの後部座席が開き、慌てた様子で誰かが降りてきた。

「絶対に車から降りないでください」

「はい」

身を低くして相手の様子を窺う。だけど次第にはっきりと見えてきて、その人物が京之介君だと気づいた。

「え？　京之介君？」

「京之介さん？」

　ドライバーと声をハモらせた時、京之介君は私を見て安心したものの、すぐに鋭い視線をドライバーに向けて怒りを露《あら》わにした。

「おい、梅乃を勝手に連れ去ってどういうつもりだ！」

　勢いよく運転席のドアを開けて、ドライバーの胸ぐらを掴んだ京之介君にギョッとなる。

「京之介君、待って！　違うの！」

　急いで車から降りて、京之介君とドライバーの間に割って入った。

「私の意思で一堂組に行ったの」

「本当に？」

「うん」

　何度も頷くと信じてくれたようで、京之介君はドライバーを離した。

「だけど、どうしてうちに行くことになったんだ？　なにがあった？」

「それは……」

ふたりから口止めされた以上、本当のことを言えない。

「あ、その……私が京之介君のことを知りたくて」

「えっ？」

悩んだ末に出た理由に、京之介君は目を丸くさせた。しかし一度言ったことを取り消せば怪しまれる。その思いで言葉を続けた。

「ドライバーさんに一堂組の人が私に挨拶がしたいって言っていると聞いて、それでついていったの」

どうにか話を合わせてほしくてドライバーに目で合図を送った。するとそれに応えるようにドライバーは「そうなんです」と言ってくれた。

「京之介さんにお世話になったもんたちから、京之介さんに彼女ができたって聞きまして。それで一言どうしてもご挨拶がしたくてお連れしたんです」

納得してくれたのか、京之介君は小さく息を漏らした。

「事情はわかったけど、心配だからもう二度と声をかけられても応じないでくれ」

「うん、わかった」

私の返事を聞き、京之介君はドライバーに睨みを利かせた。

「組のやつらに言っておけ。俺はもう一堂組とは関係のない人間だ。今後いっさい、俺や俺の周りの人に関わるなと」

「はっ、はい！」

何度も首を縦に振るドライバーは恐怖からか涙声で返事をした。

「梅乃は俺が送っていくから、お前はもう帰れ」

「はい、失礼します」

深く頭を下げてドライバーは車に乗り込み、去っていった。

すると京之介君は私の腕を引き、思いっきり私の身体を抱きしめた。

「え……京之介君？」

いきなりギューッと苦しいほど抱きしめられて戸惑う。

「心配した」

ため息交じりに放たれた声は、言葉通り心配していたのが伝わってきて申し訳なくなる。

「俺は一堂組から抜けると同時に、二度と一堂組の敷居を跨ぐことを禁止され、家族との縁を切ってきたんだ。それなのに梅乃がうちの奴らに連れていかれたと聞いた時は、どんなに心配したか……」

そう言うと京之介君はゆっくりと私の身体を離した。そのスピードに合わせて顔を上げると、目が合った彼は大きく瞳を揺らした。

「俺のせいで怖い思いをさせてごめん」

「え？　どうして京之介君のせいになるの？」

「そうだろ？　俺があの家に生まれていなければ、梅乃が中学校でいじめに遭うことも、怖い思いもせずに済んだんだ。そもそも俺と関わらなければ……」

「どうしてそれを……？」

私、京之介君にいじめに遭っていたことを話した記憶がない。

すると彼はハッとなり、気まずそうに視線を落とした。

「悪い、菊谷から聞いたんだ。俺が無理やり聞き出した。だから菊谷を責めないでくれ」

「そうだったんだ」

知っていたにもかかわらず、ずっと言わずにいてくれたのも、京之介君の優しさだと思う。だけど、私がいじめに遭ったことと、京之介君は関係のないことだ。それに私は京之介君と出会い、周囲と同じように彼を避けなかったことを後悔したことなど一度もないのに。

京之介君の言葉を遮り、自分の思いをぶつけた。

「いじめに遭ったのは、京之介君のせいじゃないからね。さっきも怖い思いなんてしていないよ？　むしろ京之介君のことを知ることができて嬉しかった」

「梅乃……」

同時に、私はあまりに京之介君のことを知らなすぎだと痛感させられた。

「だけど私、もっと京之介君のことを知りたい。だからこれからも教えてくれる？」

京之介君のことなら、どんな些細なことでも知りたいから。

その思いで言ったものの、なぜか京之介君は俯いて深いため息を漏らした。

「梅乃、あまり俺の心を乱すことを言わないでくれないか？　……そんなことを言われたら、梅乃も俺と同じ気持ちだと勘違いしそうになる」

顔を手で覆うも、隙間から見えた彼の頬は街灯の下でもわかるほど赤く染まっていた。

「ごめん、なんでもない。送るよ」

私に背を向けて歩き出した彼の腕を咄嗟に掴んでしまった。

「……梅乃？」

京之介君は驚いた表情で私を振り返り見た。

「あっ……」

告白は週末のデートでって決めている。でも、悠里は言っていたよね？　私が告白したいと思った時が気持ちを伝えるタイミングだって。

戸惑う彼を真っ直ぐに見つめた。

「勘違いしてもいいよ」

「えっ？」

掴んだ腕を通して、彼の身体がピクリと反応したのが伝わる。それがなぜか無性《むしょう》に愛おしくなり、頬が緩んだ。

「遅くなってごめんね。私も京之介君が好き」

あれほど告白する時のことを考えるとドキドキしてたまらなかったというのに、いざその時が来ると自分でも驚くほど素直に言葉が口をついて出た。

「……本当か？」

すぐには信じられないようで、京之介君は震える声で私に聞く。そんな彼を安心させるようにすぐに「本当だよ」と答えた。

「再会して昔より京之介君のことを知って、それで好きって気づいたの。優しくて真面目で、そしていつも私に寄り添い、自分のことのように怒ったり喜んだりしてくれる京之介君が大好きだよ」

笑顔で伝えると、京之介君は勢いよく私を抱きしめた。

「夢みたいだ、梅乃も俺を好きになってくれたなんて……」

まだ信じてもらえていないのだろうか。

「夢じゃないからね」

好きって気持ちを伝えるように大きな背中に腕を回す。すると京之介君はさらに強い力で私を抱きしめ返した。

「あぁ、わかったよ。……これだけ言わせてほしい」

私の背中を撫でながら真剣な声色で続けた。

「梅乃も俺と同じ気持ちになったら、悪いけどもう二度と離してやれない。……それでもいい？」

京之介君は不安げに聞いてきたけれど、それは私もだ。

「私のほうこそ京之介君から離れるつもりはないよ。……だから離さないで」

彼のぬくもりに包まれながら伝えると、京之介君は私の身体を離して両頬を包み込んだ。

「梅乃……」

「え？　あっ」

京之介君の端正な顔がゆっくりと近づいてきたものだから、思わず手で止めてしまった。

「梅乃、この手はなに？」

京之介君は私に口を押さえられたまま不服そうに話す。

「だ、だって……！　京之介君がいきなり近づいてくるから」

胸を高鳴らせながら理由を言えば、京之介君は「キスをするんだから当たり前だろ？」とストレートに言う。

「そんなっ……いきなり無理。京之介君と恋人になれただけでも胸がいっぱいなのに、キスなんて……」

初めてではないけれど、京之介君とキスをすると想像しただけで心臓が止まりそうだ。

「私の心の準備ができるまで待っててほしい」

恥ずかしくて自分の顔が今、真っ赤だとわかるほど熱い。それでもどうにかお願いすると、京之介君は天を仰いで深いため息を漏らした。

「そんな可愛い顔で言われたらキスできない。わかった、待つよ。……それに俺も今は梅乃と恋人になれただけで十分幸せだから」

「京之介君……」

そんな愛おしそうに見つめられたら、蕩けてしまいそうだ。それなのに彼から視線を逸らせずにいる中、「ゴホッ、ゴホン」とわざとらしい咳払いが聞こえた。

そちらに目を向けると、私たちのすぐ横にいつの間にか気まずそうな矢口さんが立っていた。

「え？　矢口さん!?」

突然現れた矢口さんにびっくりして、慌てて京之介君から離れた。

嘘、いつからいたの？　もしかして見られていた？

そこでここが人の行き交う歩道だということに今さらながらに気づく。

「おふたりが無事に結ばれたのは大変喜ばしいことですが、ＴＰＯというものをお考えください」

「すみません」

「だったら矢口も雰囲気を察しろ。やっと梅乃と恋人になれた余韻《よいん》にもう少し浸《ひた》らせてくれてもいいだろ？」

すぐさま謝る私とは違い、京之介君は不機嫌そうに言った。

「さっきまで人々の視線を感じないほどイチャついていたんです、余韻にならら十分に浸れたと見受けられますが？」

やっぱりずっと見られていたんだ！　会話はさすがに聞かれていないよね？

無我夢中だったとはいえ、京之介君に伝えた言葉を思い出すと恥ずかしくて、目の前に大きな穴があったら入りたい。

「二十一時を回りましたし、梅乃ちゃんをお送りしたほうがよろしいかと」

「言われなくてもわかってる」

バツが悪そうに言う京之介君はどこか幼く見える。それだけ矢口さんには心を許している証拠なのだろうか。

また新たな彼の一面を知って頬が緩む中、矢口さんと目が合った。

「梅乃ちゃん、うちの若は突っ走ると周りが見えなくなったり、変なところでクソガキだったりしますが、梅乃ちゃんを想う気持ちだけは誰よりも強いこと、あなたを世界で一番幸せにしたいと思っていることを、わたしが保証いたします。どうか若をよろしくお願いします」

京之介君は「クソガキはないだろ」と言うけれど、そこにも矢口さんの京之介君に対しる愛情を感じるよ。

「……はい！」

返事をすると、矢口さんは安心したように微笑んだ。

京之介君と私では生まれ育った環境も、生きてきた日々もなにもかもが違う。それでもこれからはふたりで、私と京之介君だけの世界を作っていきたい。

それから矢口さんの運転する車で自宅まで送ってもらったわけだけれど、さっそく京之介君がうちの両親に交際を始めたことを報告し、京之介君が帰った後に母には冷やかされ、父には涙目で何度も「すぐには嫁には行かないよな⁉」と確認されて大変な目に遭ってしまった。

幸せな甘い日々

次の日。近いうちにまた京之介君を連れて来てほしいとしつこく迫る両親を振り切って家を出ると、黒のミニバンが家の前に停まっていた。

すぐに矢口さんが車から降りてきて、後部座席のドアを開けてくれた。

「おはようございます」

「おはよう、ございます」

戸惑いながらも挨拶を返すと、後部座席には京之介君が乗っていた。

「おはよう、梅乃。乗って」

「え？　あ、うん」

言われるがまま乗ると、自動でスライド式のドアが閉まる。それを確認して運転席に座った矢口さんはゆっくりと車を発進させた。

「すみません、梅乃ちゃん。若が起床して梅乃ちゃんとメッセージでやり取りをしても、いまだに昨日のことが夢じゃないかと不安がっておられまして。このままでは本日の重要な商談に支障が出ると思い、お迎えに上がりました」

つらつらと迎えに来た理由を話してくれた矢口さんに、京之介君は「そこまで事細かに言う必要ないだろ」と突っ込んだ。

恥ずかしかったのか、京之介君はわざとらしく咳払いをして続ける。

「梅乃と恋人になれたのが夢のようでさ。朝一番に顔を見たかったんだ」

「京之介君……」

びっくりしたけれど、こうして迎えに来てくれて嬉しい。だって私も正直、まだ夢心地だったから。

「私も同じだったから、迎えに来てくれてありがとう」

「梅乃……」

見つめ合っていると、どちらからともなく頬が緩んで笑ってしまった。

「安心できたところで、すぐさま商談相手の会社の情報に目を通してください。先方は今回の契約を渋っておりますので、情報からなにか突破口を見つけてくださらないと困ります」

「わかってるよ。ごめん、梅乃。ゆっくりテレビでも見てて」

京之介君がそう言うと矢口さんが天井の八インチの液晶を出してくれて、テレビが映し出された。

「テイクアウトしたものですが、よかったらどうぞ」

信号が赤のタイミングで矢口さんから珈琲をふたつ受け取った。

「ひとつは社長にお渡しいただいてもよろしいでしょうか？」

「はい」

言われた通りに私と京之介君の席の間にあるドリンクホルダーに、珈琲をふたつ置いた。

「ありがとう、梅乃」

その珈琲を飲みながら、京之介君は真剣な表情でタブレットを眺める。

今日は大きな商談だからか、珍しくスーツを着ている。何度か社内でスーツを着ている姿を見たことがあるけれど、こうして至近距離で見るのは初めてだ。

なんだろう、着ている服が違うだけでものすごくかっこよく見えてしまう。

あ、さっそく京之介君のスーツ姿を写真に撮って竜也さんに送ってあげたら、喜びそうじゃない？　それに私も彼のかっこいいスーツを着て仕事をしている姿を写真に収めたい。

その思いが強くなり、そっとスマートフォンを手に取り、気づかれないように写真を撮った。

だけどカシャッというシャッター音にあっけなく気づかれてしまう。

「え？　なんで写真撮ったの？」

「ごめん、スーツを着て仕事をする京之介君があまりにかっこよかったから、つい」

竜也さんに送ることは秘密にして言うと、京之介君は目を瞬かせた後、恥ずかしそうに目を泳がせた。

「そんなストレートに言われると照れるんだけど。……いいよ、梅乃なら何枚でも撮って。むしろ一緒に撮ろう」

「え？　あっ」

京之介君は私との距離を縮めると、肩に腕を回して密着してきた。そしてもう片方の手にスマートフォンを握り、写真を撮る。

「ん、撮れた。今送るよ」

そう言ってすぐに送られてきた写真を見ると、かっこよく撮れている京之介君とは違い、不意打ちということもあって間抜けな顔の自分が写っていた。

「嘘、なにこの写真。やだ、消して」

「やだ」

「だめだめ、変な顔だから恥ずかしい」

「変じゃないよ、可愛い」

消してほしくてどうにかして彼からスマートフォンを奪おうと試みると、ことごとく躱《かわ》されてしまう。

「お願いだから消して」

「絶対やだ」

必死な私とは違い、京之介君は楽しそうに笑いながら言う。これ、完全にからかわれているよね？

「どんな梅乃も俺にとっては可愛いからいいだろ？　むしろこういったレアな写真ほど欲しくなる」

「全然レアじゃないからね？」

そんなやり取りを続けていたら、見かねた矢口さんが刺々しい声で「社長、一刻も早く資料に目を通してください」と言った。

「すみません」

そうだった、京之介君は今日大事な商談があるって聞いたのになにやってるのよ。

反省していると、矢口さんが「いいえ、悪いのはすべて社長です」と言った。

「だけどまぁ、梅乃ちゃんとの2ショット写真のおかげで、やる気も出たでしょう。

なんとしても成功させてくださいね」

「当たり前だ」

そう言って再び京之介君は、真剣な表情で資料に目を通し始めた。

その間に私はさっき撮った写真をこっそり竜也さんに送った。数分後には既読マークが付き、竜也さんから大喜びしているスタンプと【親父と共有します。ありがとうございます！】と送られてきた。

よかった、喜んでもらえて。これからも頻繁に写真を撮って送ろう。

それから悠里にも、京之介君に想いを伝えて恋人になったことを報告するとすぐに返事が届いた。興奮したスタンプともに、【週末のデートと併せて事細かに今度説明すること】と送られてきたものだから、悠里らしくて思わず笑ってしまった。

「いや～、ついに！　社長の想いが実って嬉しいよ。ありがとう、梅乃ちゃん!!」

「「ありがとう!!」」

この日の昼休み、社員食堂で私は有賀さんをはじめ、多くの社員に囲まれて拝まれていた。

それというのも今朝、矢口さんが運転する車で京之介君と出勤したところを、地下駐車場でひとりの社員に見られてしまったのが事のはじまりだった。

そこからついに恋人になって一夜をともにし、矢口さんが送迎したという根も葉もない噂が瞬く間に広まってしまった。

その噂を耳にした有賀さんに詰め寄られ、一部を否定しつつもいずれはバレることだと思い、京之介君と恋人関係になったことを打ち明けた。

そこでまた有賀さんから例の社長応援隊に情報が共有され、昼休みに囲まれてしまったのだ。

「本当によかった。社長が幸せになってくれて俺も嬉しいよ」

「今日は難しい商談が入っているけど、幸せの絶頂にいる社長なら大丈夫だろう」

「梅乃ちゃん！　結婚式には絶対に全社員を招待してね」

次々と話しかけられ、対応に困り果ててしまう。だけど改めて会社の人たちに京之介君が好かれていることがわかって、自分のことのように嬉しくなる。

その後も昼食を食べる暇もないほど話しかけられることが、昼休みが終わるまでずっと続いた。

『それは悪かったな、梅乃にだけ大変な思いをさせて。俺がいたら誰にも声をかけられずに、ゆっくり食事できただろうに』

「ううん、今日初めて声をかけてくれた人もいて、おかげで交流の幅が広がったよ」

京之介君の商談はまる一日かかったようで、そのまま直帰したようだ。私が帰宅して残業で遅くなる父を待たずに、母と夕食を済ませたところで京之介君から電話がかかってきた。

ちょうど京之介君も家に着いたところで、商談がうまくまとまり契約に至ったことを報告してくれたのだ。そこで私も今日の出来事を彼に伝えていた。

『それならよかった。だけど、梅乃の人見知りもすっかりなくなったみたいだな』

「……そうかもしれない」

あれほど初対面の人と話すことが苦手だった頃が嘘のように、緊張せずに初対面の人とも話すことができている。

もちろんまだ自分からは声をかけることは難しいけれど、顔見知りの人には気軽に話しかけることができる。

それは有賀さんをはじめ、グランディールのみんなのおかげだと思う。

『うちの会社に入ったことが、梅乃にとってプラスに働いてくれたようで嬉しいよ』

「うん、すごくプラスになっているよ。仕事も楽しいし、会社のみんなとも仲良くなれたし。前の会社にいた時では今の日常が信じられないくらい」

それほど充実してやりがいのある日々を過ごすことができている。

『梅乃が嬉しそうだと俺も嬉しい』

「えっと……ありがとう」

いくら両想いになったとしても、不意打ちの甘い言葉にはやっぱり慣れそうにない。もしかしたらこれは一生慣れることはないのかも。

好きな人に言われたら、どうしてもドキドキしちゃうもの。

するとなぜか京之介君はクスリと笑った。

『電話越しでも声を聞いただけで梅乃が照れているのが想像できるよ。……図星だろ？』

「……っ！　それを言ったら私も顔を見なくても今、京之介君が意地悪な顔をしているのがわかるよ」

からかわれたのが悔しくて言い返せば、さらに彼の笑いは増すばかり。

『アハハ、ごめんごめん。……機嫌を直してデートの話をしないか？』

「仕方がないから機嫌を直してあげる。うん、デートの話をしよう」

こうして冗談を言い合っている瞬間でさえ愛おしいと思う私は、どれだけ京之介君のことが好きなのだろうかと思う。

それから一時間ほどデートの話で盛り上がった。


迎えた土曜日の朝。私は五時には起きてキッチンに立っていた。

今日向かう場所は公園ということで、ファストフードも多くあるらしいけれどせっかく広い芝生もある公園に行くのだから、自然の中で食べたいとなり、私がお弁当を用意することになった。

「うん、なかなか美味しそうにできたんじゃない？」

お弁当箱に詰めたのは、玉子焼きに唐揚げといった定番のおかずとおにぎり。外で食べやすいものでまとめてみたけれど、京之介君は喜んでくれるだろうか。

お弁当を包んで、レジャーシートや水筒、お手拭きシートも忘れずにリュックに入れる。そうこうしているうちに、京之介君が迎えに来る七時になろうとしていた。

「嘘、もうこんな時間!?」

急いで身支度を整えて、休日でまだ眠る両親にそっと「いってきます」と伝え、家を出た。

そろそろ梅雨《つゆ》入りだというのに空は雲ひとつない青空が広がっており、絶好の行楽《こうらく》日和《びより》だ。サイクリングやパターゴルフをやる予定だから、動きやすい恰好がいいと思い、髪はひとつにまとめてキャップを被《かぶ》り、Tシャツにカーディガンを羽織ってジーパンとスニーカー。そしてバッグはリュックで合わせてみた。

これならなにをやっても動きやすいよね。

家の前で待つこと数分、七時五分前に京之介君が運転するセダンが私の前に停まった。

すぐに運転席から降りてきた京之介君を見て、目を疑う。

「え、その恰好……」

「嘘……」

お互いを指差して驚き固まるのも無理はない。だって今日の私たちの服装はTシャツの色は違えど、その他はまるで似通ったコーディネートなのだから。

淡いクリーム色のカーディガンに、ジーパンの色がカーキなのまで同じ。おまけに同じ黒のキャップを被っているし。

まるで前もって合わせたかのようなカップルコーデに笑ってしまった。

「なにも言わずにここまで合う俺たちってすごいな」

「うん、本当にすごいよ」

だけどそれだけ気持ちが通じ合っているって思ってもいいのかな?

なんてロマンチックなことを考えていたのは私だけではないようで、「俺と梅乃は運命の赤い糸で結ばれているんだよ」と、京之介君は想像以上にロマンチックなことを言うものだからさらに笑ってしまった。

それから京之介君の運転する車で首都高速道路《しゅとこうそくどうろ》に乗り、常磐道《じょうばんどう》を走って向かった先は茨城県《いばらきけん》にある国営海浜公園。

広い敷地内は一日ではすべて回れないほど。改めてゲートを抜けて園内のマップを見ると、事前に京之介君と予定を立ててきてよかったと思う。

「まずは体力があるうちにパターゴルフをして、サイクリングだったよな」

「うん」

どちらからともなく手を取り、パターゴルフ場へと向かう。

「嘘、どうしてそっちに行っちゃうの!?」

「アハハッ! ドンマイ、梅乃」

思った方向にボールは進んでくれず、カップインまでは程遠い。そんな私とは違い、京之介君は早々とカップイン。

「ほら、頑張れ梅乃」

「やだ、こんなところ写真撮らないでよ」

私の下手な打つ姿を撮られ、手元がくるってまた違う方向にいってしまった。

仕返しに私も京之介君が打つ姿を写真に収めたものの、かっこよくてなんか悔しい。

「楽しかったな」

「今度はもっと練習してくる」

悲惨なスコア表を見てリベンジを誓っていると、京之介君は私の髪をクシャッと撫でた。

「あぁ、また今度ふたりで来よう」

そう話す京之介君はすごく嬉しそう。こうやって未来のデートの話ができることが幸せに感じる。

「よし、次はサイクリングして、芝生広場でご飯を食べよう」

「うん！」

ふたり乗りの自転車を借りて、さっそくサイクリングロードへと走らせる。海が近いこともあり、潮の匂いがして清々《すがすが》しい気持ちになる。

「気持ちいいね、京之介君」

「そうだな」

私が前に乗り、京之介君は後ろ。ふたりでペダルを漕《こ》いで進んでいくと目的地の芝生広場に着いた。

多くの家族連れがレジャーシートを広げてお弁当を食べたり、持参したボールやバドミントンで遊んだりしていた。

「ここでいいかな？」

「うん、シートを広げようか」

ふたりで協力してレジャーシートを広げて、その上に荷物を置く。

まずは消毒をして作ったお弁当を広げた。

「美味そう。出発が早かったのに作るのは大変だっただろう。でも梅乃の手作りが食べられて嬉しいよ、本当にありがとう」

「ううん、簡単なもので申し訳ないけどよかったら食べてみて」

紙皿におにぎりやおかずを取り分けて京之介君に渡した。

「ありがとう、いただきます」

私も自分の分を皿に盛ったが、京之介君の反応が気になって仕方がない。箸を手にしたまま彼の様子を窺う。

すると玉子焼きを食べた京之介君は目を見開いた。

「ん、美味しい」

「本当？　よかったぁ」

彼の反応に一安心して私もおにぎりを頬張る。

「俺も甘じょっぱい玉子焼きが好きなんだ」

「同じだね」

京之介君はすごい勢いで食べ進めていく。

「おにぎりって言ったらやっぱり梅と鮭だよな」

「私も梅と鮭が好きだから具はその二種類にしちゃったんだけど、京之介君も好きでよかった」

多めに作ってきたにもかかわらず、京之介君は残さずに全部食べてくれた。

「ごちそうさまでした」

「全部食べてくれてありがとう」

片づけをして、ふたりでゆっくりとお茶を飲みながら周りに目を向けた。

「俺たちもなにか持ってくればよかったな」

「そうだね。でも、こうしてのんびり過ごすのもいいと思わない？」

「たしかに」

そう言うと京之介君は私の肩に体重を預けた。

「え、京之介君？」

肩に頭を乗せて「たまにはいいだろ？」なんて上目遣いで言われたら、胸がきゅんとなってしまう。

「よし、じゃあ交代」

姿勢を戻した彼は、自分の肩に私の頭を乗せた。

う、わぁ……。どうしよう、これ。なんか恥ずかしいし嬉しいしで感情が忙《せわ》しない。でも肩を通して感じるぬくもりが心地よくも感じる。

「また交代する？」

チラッと見上げながら聞くと、京之介君はクスリと笑った。

「いいよ、このままで。今日は朝早くからお疲れ様。午後からはアトラクションに乗るんだから、少しでも休んで」

「ありがとう」

ふとした瞬間に感じる彼の優しさに、また好きって気持ちが大きくなる。こうやって一緒に過ごしていくたびに好きって気持ちが積もっていくのかな？

もしそうなら、私はどれだけ京之介君を好きになってしまうのだろうか。

三十分ほど身を寄せ合ってゆっくりと過ごした後は、自転車を返して遊園地ゾーンへと向かった。

ジェットコースターやコーヒーカップ、お化け屋敷など様々なアトラクションを楽しんだ。

「遊園地なんて久しぶりだったから、すごくはしゃいじゃった」

「俺も」

せっかく来たのならすべてのアトラクションを制覇《せいは》しようとなり、幼児向けのアトラクションにもふたりで乗った。

小さな子に交じって乗るのはちょっぴり恥ずかしかったのに、京之介君が「将来子供と一緒に来た時に、これでどんな乗り物だったか教えてあげられるな」なんて言うものだから、余計に恥ずかしくなってしまった。

だいたい目ぼしいアトラクションには乗った。乗っていないのはどれだろう。

パンフレットを見ながら調べていると、京之介君のスマートフォンが鳴った。

「あ、悪い。矢口から電話だ」

「いいよ、出て。その間に私はトイレに行ってくるね」

「わかった、じゃあここで待ってるから」

「うん」

休日に電話してくるくらいだ、きっと急ぎの案件なのだろう。

邪魔にならないように足早にトイレへと向かった。幸いなことにトイレは混雑していて列ができていた。出る頃には電話も終わっていそう。

しかしなかなか進まず、戻ったのは十五分後だった。

「あれ？　京之介君？」

もとの場所に戻ったものの、そこに京之介君の姿がない。キョロキョロしながらスマートフォンを確認すると、京之介君から【飲み物を買ってくるから、近くに座って待ってて】とメッセージが届いていた。

言われた通りにベンチを探そうとしたその時、前方をよく見ていなかったため人とぶつかってしまった。

「すみまっ……」

「いってぇーな！」

すぐに謝ろうとした私の声は、男性の怒りのこもった怒鳴り声にかき消された。

顔を上げると、柄の悪い大柄な二十代前半の男性がふたりいた。そのうちのひとりにぶつかってしまったらしい。

「すみませんでした」

すぐに頭を下げて謝罪したが、男性は「あんたのせいで、腕が痛くてやばいんだけど」と言い出した。

「もしかしたら骨が折れてるかもしれねぇ」

「マジか、それ大怪我《けが》じゃん。どうしてくれんの？」

ぶつかったといっても、肩と肩が触れただけで転倒するほど強く当たっていない。だから骨が折れることは絶対にあり得ないのにふたりに詰め寄られ、恐怖で言葉が出てこない。

「慰謝料《いしゃりょう》払え。……そうだな、治療費に通院費も合わせて百万くらいあれば足りるか？」

「そんなっ」

「払えないって言うのか!?」

大きな金額を提示されて思わず声が漏れた瞬間、怒鳴られて肩がすくんだ。

「俺たちも鬼じゃねぇ。なにも一括で払えとは言わないさ。分割でもいいから百万払ってくれたら……」

ジリジリと詰め寄られ、恐怖で足が震え出した時。

「冷てぇっ」

「なにすんだ！」

いきなり男性ふたりが奇声を上げた。びっくりして顔を上げると、男性ふたりの髪はびっしょりと濡れていた。

そして男性ふたりの背後には、空になったジュースのカップを両手に持った京之介君が立っていた。

「お前、なにしやがるんだ！」

「京之介君っ！」

すぐにふたりのうちひとりの男性が京之介君に襲い掛かる。しかし彼は華麗《かれい》に躱して、逆に男性の背後に回り腕を取った。あまりのスピードに私は呆然となる。

「いててててっ」

苦痛の声を上げる男性に、もうひとりの男性はたじろぐ。

嘘、京之介君ってこんなに強かったの？

目の前で起こっていることが信じられなくて、目を白黒させてしまう。

「治療費と慰謝料は、お前らが飲んだジュース二杯で十分だろ？」

笑顔で言う京之介君に男性は「はぁ？」と声を荒らげた。

「ふざけんな！　人にジュースをぶっかけておいて……！　こんなことしていいと思ってるのか？　俺たちは文美《あやみ》組のもんだぞ！」

文美組ってことは、この人たちも極道の人たちってこと？　それなのにこんなことをして大丈夫なの？

心配になりハラハラする私に気づいた京之介君は、私を安心させるように頷いた。そして男性を離して鋭い目をふたりに向けた。

「文美組って、あの弱小のとこか？」

「なに!?」

京之介君の挑発《ちょうはつ》するような言い方に、ふたりは怒りを露わにする。

「弱小じゃ知らないか？　一堂組の京之介を」

「一堂組って……まさか」

「嘘だろ」

一堂組の名前が出た途端、ふたりは顔を見合わせて震え出した。

「俺は足を洗った身だけど、腕までは落ちていないと思うんだ。お前らが今、相手して確認してみるか？」

京之介君の言葉に、ふたりは首を思いっきり横に振った。

「滅相《めっそう》もない！　すみませんでした！」

そう言ってふたりは逃げるように去っていった。

いつの間にか周りには人が群がっていて、注目を浴びていることに気づく。

「京之介君」

急いで落ちたカップを拾う彼のもとへ駆け寄ると、京之介君は眉尻を下げた。

「ごめん、ジュースなんて買いに行かなければよかったな。……怖い思いをさせてごめん」

謝る彼に「京之介君は悪くないよ」とすぐに伝えたが、なかなか表情は晴れない。

「それにいくら同業者を追い払うには効果があるとはいえ、家業の名前を出すのは浅はかだった。一堂組の連中に知られたら怒られそうだ」

京之介君はそう言うけれど、絶対にそんなことはないと思う。彼の父親も竜也さんも、組の皆さんだって京之介君のことを今でも大切に思っている。

それを伝えたいのに伝えられないことが、すごくもどかしい。

「さっきの俺を見て嫌いになった？」

「え？」

なにも言わない私に対し、心配そうに様子を窺う彼を見て我に返る。

「昔はよく喧嘩《けんか》をして人を傷つけることもしてきた。おかげでそれなりに名前が広がったことも事実だ。……こんな俺は嫌か？」

不安そうに尋ねてきた彼に対し、私は真っ直ぐに見つめた。

「嫌いになんてなるわけがないじゃない。それに京之介君が理由もなく喧嘩や人を傷つけることをするなんて思えないもの。なにか理由があって、そうするしか方法がなかったんでしょ？」

京之介君は優しい人だから、それもきっと最終手段だったのかもしれない。

「離れている間、どんな人生を歩んできたのかを知ったとしても、私が京之介君を嫌いになることは絶対にないからね？　それとも京之介君は私の過去を知ったら嫌いになる？」

「なるわけないだろっ⁉」

焦った様子ですぐに答えてくれた京之介君に頬が緩む。

「私も同じだよ。それに大切なのは過去より今、そして未来でしょ？　さっきは助けてくれて本当にありがとう。またデートの続きをしよう。あ、遊園地に来たなら観覧《かんらん》車《しゃ》に乗らないと。行こう」

手を握ると、彼は嬉しそうに目を細めた。

「そうだな、ちょうど夕陽が沈む頃だし絶景が見えるかもしれない」

「楽しみだね」

ギュッと手を繋いで観覧車を待つ列に並ぶ。

そうだよ、どんな人生を歩んできたとしても京之介君は京之介君だ。私だって三井さんと報《むく》われない恋をした過去がある。

騙《だま》され続けた恋をした私を京之介君はバカにすることなく、自分のことのように悲しみ、怒ってくれたじゃない。

私だって京之介君が一堂組でどんなことをしてきたのかを聞いたって、嫌いになることは絶対にない。それをこれからちゃんと伝えていきたいな。

それから順番がきて係員にドアを開けてもらい、京之介君に続いて私も観覧車に乗り込む。そして彼の隣に座った。

「いってらっしゃいませ」

微笑ましそうに笑いながら係員はドアを閉めた。その理由がわからなくて小首を傾げながら京之介君を見ると、なぜか私を見て困惑している。

「え、どうしたの京之介君」

ますます意味がわからなくて頭の中にハテナマークが浮かぶ中、京之介君は口に手を当てて目を泳がせた。

「普通、こういう時って向かい合って座るものじゃないか？」

「え？」

ふと前後に乗っているカップルと思われる男女ふたりを見ると、私たちとは違って向かい合って座っていた。

嘘、隣に座るのって普通じゃないの？　あぁ、でもたしかに高校時代に悠里と遊園地に行った際に観覧車に乗った時は並んで座らなかった気がする。

それなのに、どうして私は迷いなく隣に座ったのだろうか。

照れくさそうに頬を掻く京之介君を見て、頬が熱くなっていく。

「あ……あの、その……」

迷いなく座ったのは、こうして京之介君の近くで景色を楽しみたかったからだ。答えは明確で恥ずかしさでいっぱいになってしまう。

「それに距離が近くて、少し緊張する」

「……っ」

なに、それ。はにかみながら言うなんて反則でしょ。

ますます意識してしまい、わずかに触れている肩が熱くてたまらない。肩を通して胸の高鳴りが伝わりそうなほどドキドキしている。

「元カレとも、遊園地に行ってこうして並んで観覧車に乗った？」

「え？　ううん、乗ってないよ。……そもそも、デートらしいデートをしたことがなかったから」

会うのはもっぱら仕事終わりだけだったし、その時間から遊園地など行けるはずがない。

「そうか。……恋人同士がするデートをしなかった元カレには腹が立つが、でもそのおかげで梅乃の初デートは俺のものになったと思うと複雑だ」

それを神妙な面持ちで言うものだから、つい笑ってしまった。そんな私を見て京之介君は不服そうに顔をしかめる。

「どうして笑うんだ？」

「ごめん。……嬉しくて」

三井さんとデートしてもらえなかったのは私なのに、まるで自分のことのように腹が立つって言うんだもの。

「振られた直後は彼と一緒に過ごした時間が惨めで勿体なく思ったけど、でもそのおかげで京之介君との今があると思うの。だからきっとつらかったあの時間も私に必要なものだったんだと思える」

　初めてのデートの相手が京之介君でよかった。そうでなければ、デートがこんなにも楽しくて幸せなものだと知ることはできなかったから。

「それを言ったら俺も同じだな。……これまでの人生は全部、梅乃と一緒にいられるための試練だったって思えるよ」

「京之介君……」

　どちらからともなく見つめ合い、胸の高鳴りはさらに速さを増していく。それなのに私を見つめる京之介君の切れ長の瞳から目を逸らすことができない。

「梅乃」

　愛しそうに私の名前を呼ぶと、ゆっくりと彼との距離が縮まる。そのスピードに合わせて私はそっと瞼を閉じた。

　少しして触れた温かな唇の感触に、心臓がギューッと締めつけられる。少しだけ震える唇から彼の気持ちが伝わってきて胸が苦しい。

　唇が離れていくスピードに合わせて目を開けると、柔らかい笑みを浮かべた彼が私を見つめていて息を呑む。

「好きだよ、梅乃」

愛の言葉を囁いた瞬間、京之介君は私の腕を引いて優しく抱きしめた。

「どんな俺も受け入れてくれて、優しい笑顔を向けてくれる梅乃が好きでたまらなかった。梅乃が幸せならそれでよかったのに、今はなにがあっても他の誰でもない、俺が幸せにしたいって思う」

「京之介君……」

ゆっくりと顔を上げると、熱い視線を向ける彼と目が合う。

「もう一回キス、してもいい？」

「えっ？　んっ」

私の返事を聞く前に京之介君は唇を重ねた。

さっきの触れるだけのキスとは違い、私の唇をこじ開けると熱い舌が侵入してきた。

「んんっ」

くぐもった声を漏らし、恥ずかしくて逃げるものの彼は執拗《しつよう》に私の舌に自分の舌を搦《から》めた。

なに、これ。身体に力が入らない。

初めて感じる快楽に恥ずかしいとか、なにも考えられなくなる。

どれくらいの時間、口づけを交わしていただろうか。

互いの息が漏れて響く中、彼は名残惜しそうに唇を離した。少しして目を開けると、京之介君が熱を帯びた目で見ていたものだから息が詰まりそうになった。

それなのに、彼の長い指が私の唇を撫でても目を逸らすことができない。

「そろそろ地上に着く」

「えっ？　あっ」

言われて外を見れば、いつの間にか地上が近づいていた。

「大丈夫？　顔が赤い」

口では心配しているけれど、彼の頬は緩んでいる。

どうして顔が赤いのかなんてわかっているくせに、わざと言うんだから。

「……大丈夫」

手を頬に当てて少しでも熱を取る。すると京之介君も私の手に自分の手を重ねた。

「手伝うよ」

「ますます赤くなっちゃうよ」

クスクスと笑いながら、両手を握り合った。

少しして地上に着き、観覧車から降りるとすぐにまた手を繋ぐ。

「アトラクションも制覇したし、そろそろ帰ろうか」

「うん、そうだね」

時刻は十六時半過ぎ。たしか閉園時間は十七時だった気がする。

出口ゲートに向かっている途中、十七時で閉園を知らせるアナウンスが流れた。

「一日はあっという間だったな」

「本当に。だけど楽しかったね」

「あぁ、また来よう」

「うん」

その後は会話が途切れてしまう。

楽しかったからこんなにも離れがたいのだろうか。それともさっき初めて京之介君とキスをしたから？　できるなら、もっと京之介君と一緒にいたい。

だけど私からは恥ずかしくて言えそうにない。出口ゲートを抜けて駐車場へ向かい、帰りも京之介君の運転で帰路に就いた。

行きとは違い、帰りは言葉が途切れ途切れ。信号が赤になるたびに目が合っては、恥ずかしくなって逸らすを繰り返した。

そして都内に戻り私の自宅へと向かっていたが、途中で道が違っていることに気づいた。

「あれ？　京之介君。道、間違ってない？」

途中までは合っていたのに、これでは反対に向かっている。すると京之介君はハザードランプを点《つ》けて路肩に車を停車させた。そして私の様子を窺う。

「京之介君……？」

私を見つめる瞳は熱を帯びていて、トクンと胸が鳴る。

「ごめん、このまま梅乃を帰したくなくて俺の家に行こうとしてた。……嫌なら引き返して家まで送るから選んでほしい。……梅乃のこと、俺の家に連れ帰ってもいい？」

京之介君もずっと離れたくないって思ってくれていたのかな？　気持ちが通じ合えていたと思うと嬉しくてたまらない。

だけど彼の家に行くということは、キスのその先をするってこと。想像しただけで心臓が止まりそうだけれど、それ以上に京之介君と一緒にいたい気持ちのほうが大きい。

「うん、京之介君の家に連れていって」

真っ直ぐに彼を見つめて言うと、京之介君の瞳は大きく揺れた。

「あとになって〝やっぱり帰りたい〟はナシだからな？」

「うん」

私の返事を聞き、京之介君は車を発進させた。

「あ……でも親御さんは大丈夫か？」

「え？　あ、大丈夫！　連絡しておくね」

「もしなにか言われたら、俺が話すから言って」

「……うん」

京之介君のこういう責任感があるところ、本当に好き。

また好きって気持ちを膨《ふく》らませながら、母に今夜は京之介君の家に泊まると正直にメッセージで送った。

するとすぐに【わかったよ】と一言だけの返事がきた。

これは怒っていないよね？　だけど間違いなく帰ったらからかわれるんだろうな。

スマートフォンをバッグにしまうと、京之介君は心配そうに「大丈夫だったか？」と聞いてきた。

「うん、返事もきたし大丈夫」

「そうか。明日、梅乃を家に送った時にちゃんと挨拶をするから」

「ありがとう」

でも両親は京之介君のことをとても気に入っているから、すぐには帰してくれないかもしれない。

そんな話をしている間に京之介君が住む高層マンションに着いた。

地下駐車場に車を駐車して運転席から降りると、京之介君は助手席のドアを開けてくれた。

「ありがとう」

「どういたしまして」

自然と手を繋ぎ、エレベーターに乗って京之介君は最上階の五十階のボタンを押した。

「え？　京之介君、一番上に住んでいるの？」

「あぁ。ちょうど一年前くらいに買ったんだ」

サラッと言う彼に驚きを隠せない。だけどグランディールの業績は上々だし、社長職に就いている彼なら買えて当然なのかもしれない。

最上階に着き、真っ直ぐに向かった先は角の部屋。ロックを解除して玄関に入ると人感センサーで照明が灯った。

広い玄関の先は長い廊下が続いており、途中に何個かドアがある。つい見入ってしまっていると、先に家に上がった京之介君が私に向かって両手を広げた。

「おいで」

「えっ？」

おいでってどういう意味？　フリーズしてしまうと、京之介君は苦しそうに顔を歪めた。

「ごめん、梅乃が家にいるってだけで興奮している。……もう我慢できそうにないんだ」

ドキッとすることを言って彼は私を抱き上げた。

「キャッ!?」

お姫様抱っこして器用に私の靴を脱がせていく。

「自分で脱げるし歩けるよ？」

「ん、大丈夫」

私の靴を脱がせ終わると、彼は私を抱き上げたまま廊下を突き進んで、三つ目のドアを開けた。

そこは寝室で部屋の中心にキングサイズのベッドと、小さな本棚があった。ゆっくりとベッドに降ろしてくれた彼はすぐに私に覆い被さってきた。

京之介君の家に行くと決めたからには覚悟はしてきたつもりだけれど、いざその時がくると心臓が止まりそうなほどドキドキしている。

あれ？　勢いで来ちゃったけど今日ってどんな下着をつけていた？　いや、それよりも今日は思いっきり遊んで運動もしたからたくさん汗をかいてしまった。大丈夫？　ニオわない？

そんな心配が巡った瞬間、彼に唇を塞《ふさ》がれた。

「梅乃……」

切なげに私の名前を呟きながら、服を捲り上げられた。

「んっ……！　京之介君、ちょっと待って」

キスの合間に彼の胸を叩きながら訴《うった》えるも、「待てない」とすげなく却下《きゃっか》されてしまった。

「今さらもう止められない」

「違うの、シャワーを浴びさせてほしいの」

早口で捲し立てると京之介君はピタリと動きを止めて、深いため息を漏らした。

「俺もシャワーを浴びるべきなのに……。余裕がなくてごめん」

ゆっくりと私の上から退《ど》いてくれてホッと胸を撫で下ろしたのも束の間、京之介君は「一緒に浴びよう」と言い出した。

「えっ！　一緒に!?」

思わず聞き返すと、京之介君は頷きながらまた私を抱き上げた。

「そのほうが早いだろ？」

「そうだけどっ……」

一緒にシャワーを浴びるということは当然裸にならなくてはいけない。もちろん最終的には肌を見せるとわかってはいるけれど、ベッドの上と浴室とではまた話が違う。

しかし弁明の余地も与えてもらえず、京之介君は廊下に出て浴室のドアを開けた。

私を下ろすとすぐに彼は上着を脱いだ。

鍛え上げられた身体が露わになって思わず手で顔を覆うものの、鏡に映る彼の背中を見て目が釘付けになる。

梅の花と竜が描かれていて、その美しさに息を呑む。

「それ……」

思わず指をさしながら言うと、京之介君は鏡に自分の背中が映っていることに気づいて苦笑いをした。

「二十歳の時に彫ったんだ。当時は一堂組を継ぐ気でいたからさ、決意表明みたいな意味で」

「そうだったんだ。……痛くなかったの？」

心配で聞いたら京之介君は首を左右に振った。

「意外と平気だった。あの時は後悔しないと思っていたけど、こうして足を洗ったらなにかと面倒なんだよな。これがあると銭湯や温泉は断られるし、プールもだめだった。そう思うと梅乃と一緒に行けない場所もあって悪いな」

「ううん、そんな……」

だけどたしかに温泉やプールに、〝入れ墨やタトゥーが入った人は入れません〟って貼り紙を見た気がする。

そうなると京之介君とはこの先、温泉やプールには行けないんだね。でも……。

「だったら温泉は部屋にお風呂があるところに泊まればいいんじゃない？　それとプールは将来大きな一戸建《いっこだ》てを買って、その時に庭にプールを作るか大きなビニールプールを買うのはどう？　そうすればふたりで楽しめるよね」

「梅乃……」

京之介君と一緒に過ごす中で、どこに行くのかは重要じゃない。どんな時間をふたりで過ごすかが私にとってはなにより大切なことだから。

「京之介君と一緒に行けないなら、行かなければいいだけ。だから気にしないでほしい」

きっと生半可な気持ちで入れ墨を彫ったわけではないだろう。

「それに、入れ墨は京之介君にとって大きな意味があるものでしょ？　すごく綺麗だからたまに見せてね」

私は全然気にしていないことをわかってほしくて冗談交じりに言うと、京之介君はクスリと笑った。

「あぁ、いくらでも見てくれ。……それにこの梅の花は、梅乃を想って彫ってもらったんだ」

「そうなの？」

「あぁ。密かに梅乃を想い続けていきたいと思ってさ」

そんな話を聞いてしまったら、ますます彼の入れ墨が美しく見えてしまう。

「普通は入れ墨が彫ってあると聞いたら嫌がるはずなのに、綺麗だって言ってくれて嬉しかったよ。……ありがとう、梅乃」

ふわりと笑いながらお礼を言われ、胸の奥がきゅんとなる。

「さて、じゃあ梅乃も脱ごうか。はい、ばんざい」

「え？　わっ!?」

言われるがまま手を上げると、素早く上着を脱がされてしまった。そのままジーパンを脱がされて、残るは下着のみ。

先に彼が一糸纏《まと》わぬ姿となり、私も「脱がすよ」と言われて下着も外された。初めて京之介君に裸を見られたと思うと恥ずかしくて、無駄だとわかってはいるけれど手で隠してしまう。

「寒いから早く熱いシャワー浴びよう」

「……うん」

先に京之介君が浴室に入り、シャワーのお湯を出してくれた。

「おいで」と言われて彼のもとに歩み寄れば、そっとシャワーをかけてくれた。

「温度は大丈夫？」

「う、うん」

温度は大丈夫なんだけど、シャワーをかけながら京之介君に身体を触られるたびに、ビクッと過剰に反応してしまって恥ずかしい。

「身体、洗ってあげる」

「え？　いいよ、自分で洗えるから」

「いいから」

そう言って彼はボディーソープを泡立てて、私の身体を洗い始めた。そのたびに「んっ」と声が漏れる。

「京之介君、やっぱり自分で洗うよ」

「どうして？」

「だって、なんか身体が変だから……」

触れられるたびにおかしくなりそう。

「それ、変じゃないよ。俺の手に感じてくれてる証拠」

「え？　キャッ」

京之介君の手は私の身体の中で一番敏感な部分に触れ、身体中が熱くなる。

「やっ……！」

身体をよじって反発するも、思うように力が入らない。

「梅乃、こっち向いて」

絶対私の今の顔、変になってる。見られたくなくて首を横に振るが、京之介君は「感じてる顔を見せて」なんて、意地悪なことを言う。

「お願い、梅乃」

再度懇願する彼を止めるべく首を後ろに向けた瞬間、荒々しく唇を塞がれた。

「んんっ」

くぐもった声が漏れた隙に京之介君の舌が、私の口に入ってきた。キスされながら身体を触られ、恥ずかしくてたまらないのに、気持ちいいが大きくなってなにも考えられなくなり始めた頃、彼が苦しげに言い放った。

「……っ！　だめだ、もう限界」

そして彼はシャワーで私と自分についている泡を流し、お湯を止めるとすぐに私の身体を抱き上げた。

咄嗟に京之介君の首に腕を回してしがみつくと、浴室から出て真っ直ぐに寝室へと進んでいく。

「京之介君、廊下濡れちゃうよ」

お互い身体も拭いていない状態だ。当然水滴が滴り落ちているはず。しかし彼は「気にしなくていい」と言って、寝室に入るとすぐに私をベッドに下ろした。

濡れた前髪を邪魔そうにかき上げて、色っぽくため息を漏らす。

「ごめん、梅乃。ちょっと余裕ない」

そう言って京之介君は、彼を受け入れられるように私の身体をほぐしていった。

恥ずかしいのに、次第に私は〝もっと〟と彼を求めていくようになる。

「そろそろいいかな」

そう言って京之介君はベッド脇の引き出しから避妊具を手に取ると、封を開けて彼のものに被せた。

そして、ギシッとベッドのスプリングを軋ませて私に覆い被さる。

「いい？」

「うん……大丈夫、きて」

今は早く彼とひとつになりたくてたまらない。両手を広げると、京之介君は顔を歪ませて「煽《あお》るの、禁止」と言う。

私にキスを落としながらゆっくりと入ってきた。

「……っ」

初めてではないのに痛みが広がる。だけど京之介君が私の中を押し広げるようにゆっくりと出入りするたびに、痛みも和らいでいった。

「大丈夫？」

「う、ん」

私の様子を窺いながら、打ち付ける腰の速さが増す。

何度も私の名前を呟き、胸や首筋、頬や瞼と優しくキスが落とされ、今まで感じたことのない幸福感に包まれていく。

「梅乃……好きだよ」

「私も大好き」

愛の言葉を何度も囁き合いながら、私たちは心も身体も結ばれた。

なにがあっても、一生私を離さないで

眩しい朝陽に瞼を開けると、自分の部屋の壁紙じゃないことに気づいた。

「あれ？」

目を擦りながら起き上がろうとしたものの、下腹部に鈍い痛みが広がって起き上がることができなかった。

「そうだ、私……」

一気に昨夜の記憶が蘇り、恥ずかしくて布団を被った。

初めはいっぱいいっぱいだったのに、次第に絆されていって、もう最後は必死に京之介君にしがみついていた気がする。

だって京之介君、優しかったのは最初だけでそれからは全然手加減してくれなかった。

声にならない声を上げて布団から顔を出し、そこで初めて京之介君が隣にいないことに気づいた。

「京之介君……？」

痛みを抑えながらゆっくりと起き上がると、静かにドアを開けて彼が入ってきた。

「おはよう、梅乃。起きて大丈夫か？　身体はつらくない？」

彼は、Tシャツにハーフパンツというラフな恰好で心配そうに駆け寄ってきた。

「うん、大丈夫」

布団で身体を隠しながら答えると、京之介君はクスリと笑いながら持っていたシャツを渡してくれた。

「服は今、乾燥機にかけているところだからこれを着てシャワーを浴びておいで。その間に朝食を用意しておくから」

「ありがとう」

至れり尽くせりで感謝しかない。

「無理させたお詫びだよ」と言って京之介君は私の旋毛《つむじ》にキスをひとつ落として、寝室から出ていった。

昨夜はもっとすごいキスをされたというのに、胸の奥がむず痒くなる。

痛みをこらえながらシャツを纏い、昨夜の記憶を頼りに浴室へと向かった。

「え、なにこれ」

シャワーを浴びている間に服が乾いたようで、脱衣所には私の服が綺麗に畳まれていた。申し訳なく思いながら着ようとしたところ、鏡に映った自分の身体を見て目を疑った。

身体中にキスマークが付けられていた。おまけに服を着ても隠せない首筋まで付いている。

「どうしたらいいの？　これ」

明日までには絶対消えないよね？　首筋に一カ所だけだったら絆創膏《ばんそうこう》を貼ればいいけれど、見えるだけでも三つもある。

彼に愛された証拠だと思うと嬉しくなるけれど、会社にどんな顔で出勤したらいいのやら……。

それについて京之介君が用意してくれたトーストやスクランブルエッグ、コーンスープを食べながら抗議したところ、彼は妖しい笑みを浮かべた。

「見えるところで、尚且つ梅乃が隠せない数を付けなければ虫よけの意味がないだろ？」

「虫よけって……。私はまったくモテないよ？　むしろ虫よけしなくちゃいけないのは京之介君のほうだと思う」

道行く人はみんな京之介君を振り返り見ているし、昨日だってなにかと視線を集めていたもの。おまけにビジネス雑誌に載るほど有名人で、会社の経営者となればモテないわけがない。

「だったら梅乃も俺に付ける？」

そんなハードルが高いことは無理！　と思ったけれど、キスマークひとつで虫よけになるのなら付けるべき？　それにここで素直に反応したらからかわれそうだ。

「……今度、考えてみる」

トーストをかじりながら言うと、強がりで言ったことがバレバレだったのか京之介君は笑いをこらえながら「わかった」と言った。

「今日はどうする？　どこか出かけようか？　それとも俺の家で映画でも見ながらのんびり過ごす？」

「そうだね、どうしようか」

まだまだ京之介君と一緒に行きたいところがたくさんある。だけど、身体が思うように動かないし、家でのんびり過ごすのもいいかも。

色々と考えていると、京之介君のスマートフォンが鳴った。

「ちょっと待ってて」

「うん」

電話に出た京之介君の話し声から察するに、相手は矢口さんのようだ。

「わかった、三十分後に迎えに来てくれ」

ため息交じりに言って通話を切った京之介君は、申し訳なさそうに私を見た。

「ごめん、梅乃。少し会社に行ってきてもいいか?」

「もちろんだよ。だったら私も帰るよ」

「いや、十四時前には帰れると思うから、できれば待っててほしい。ちゃんと家に送っていきたいんだ」

そんなことを言われたら、幸せで胸がいっぱいになってしまうよ。

「ありがとう。じゃあお昼ご飯を作って待っててもいい?」

「それは嬉しいな。あ、でも食材があまりないかもしれない」

「だったら京之介君が仕事に行っている間に、買い物をしてくるよ。この辺も散策したいし」

昨夜は暗くてよくわからなかったけれど、たしかこの近くに大きな商業施設があった気がする。

「わかった。早く仕事が終わりそうだったら迎えに行くよ。その時は連絡する」

「うん、ありがとう」

朝食を食べ終えてから、迎えに来てくれた矢口さんに、会社に行く前に商業施設まで送ってもらった。

「すごい広い」

開店と同時に入れば、すでに多くの家族連れなどで賑《にぎ》わっていた。ゆっくりお店を見ようと思ったけれど、予想以上に人が多くて疲れてしまい、早々と商業施設を後にした。

少し歩いた先に公園があったことを思い出してそちらへ向かう。天気も良くて暑いくらいだ。公園に向かって歩を進める途中、ふと視線を感じて足を止める。

すぐに振り返って周囲を見回すが、人影はない。

「気のせいかな？」

そう思って再び歩みを進めた。公園に到着し、近くのベンチに腰を下ろす。空を見上げれば、雲ひとつない青空が広がっていた。

昨日も澄んだ青空が広がっていたよね。芝生の上でご飯を食べてのんびり過ごして楽しかったな。

京之介君も言っていたけれど、今度はバドミントンやボールを持って行ってみたい。

そんなことを考えながら、お昼にはなにを作ろうかと思いを巡らせる。

お昼ご飯だし、パスタとか？　だったらスープパスタにしようかな。それなら以前、両親に振る舞った時に好評だった。

できるなら京之介君に美味しいって言って食べてほしい。

メニューは決まったが、まだ買い物をして帰って作るにはちょっと早い。

「あ、そうだ」

昨日撮った写真を竜也さんに送ってないことを思い出し、スマートフォンのアルバムを開いた。パターゴルフをする姿や、芝生で私のお弁当を食べているところ。他にもアトラクションの順番待ちしている時に撮った写真などもある。

きっと竜也さんなら全部欲しいって言いそうだと思い、アルバムを作成して送信した。

それと悠里にも、昨日の京之介君とのデートはすごく楽しかったことと、これまでの経緯《けいい》も直接会ってちゃんと報告したいから、今度時間を作ってほしいとメッセージを送った。

それから心地よい風に当たりながら、子供たちが遊ぶ姿を眺めたり、自然を感じたりしてのんびりと過ごした。

「そろそろ行こうかな」

その前にスマートフォンで近辺にあるスーパーマーケットを検索する。ちょうど彼の住むマンションの近くにあった。

京之介君に「作ってもらうから、これで材料を買ってきて」と言われ、無理やりクレジットカードを渡されてしまった。

だけど昨日のデート代はすべて彼に出してもらってしまったし、材料費くらい私が出したいから使わないつもりだ。

ゆっくりとベンチから立ち上がり、公園を後にした。

土地勘がないため、地図アプリを頼りに進んでいく。最短距離ルートを検索したため か、人通りの少ない道。

民家はあるものの、誰ひとり歩いておらず道一本挟んだ大通りを走る車の音が聞こえる。

「早く抜けよう」

歩くスピードを速めて進む中、スマートフォンが鳴った。

びっくりして電話の相手を確認すると竜也さんだった。ちょうど背後から車が近づいていることに気づき、道の端に寄って電話に出ると同時にキキーッとブレーキ音を立てて車が急停車した。

「えっ」

びっくりして振り返った瞬間、後部座席のスライドドアが開いて体格の良いサングラスをかけた男性が勢いよく降りてきた。

言葉を発する間もなく口を布で口を塞がれ、手にしていたスマートフォンを奪われた。

「……っ」

なにか変な匂いが鼻を掠め、身体に力が入らなくなる。

「おい、誰かに見られる前に早くしろ」

「わかってる」

そんなやり取りをしながら男は私を無理やり車に乗せた。

嘘、なにこれ。どうして私を……？　私、面識のない男性たちに連れ去られているんだよね？

自分に起こっていることなのに実感が湧かない。

「そろそろ薬が効いてくる頃か？」

私の口を覆っていた男性が、チラッと私の様子を窺う。

薬ってなに？　もしかしてこの布になにか染み込ませていた？

しかし、思考が働いたのはこの時までだった。次第に視界がぼやけていき、私はゆっくりと意識を失った。

次に目を覚ました時、身体の自由を奪われていた。

頭もボーッとしていて、瞼が重い。どうにか目を開けて周囲を見回すと、薄暗い場所で物がいっぱいある。……倉庫だろうか？　だけど、どうして私はここに？

「そうだ、思い出した」

急に車に乗せられて連れ去られたんだ。体格のいい男性だったし、一堂組の人？

いや、あの人たちはこんな乱暴なことをしないはず。だったら違う組の人？

とにかく周りに人はいない。今の状況を整理しないと。

私は椅子に座らされている状態で、手と足をなにかで縛られている。口は覆われていないから、どんなに叫んでも助けがこない場所ってことだ。

私、これからどうなっちゃうんだろう。でもなにか目的があって連れてこられたんだよね。その目的が達成されるまでは、どうにかされることはないと信じたい。

それに連れ去られる前に竜也さんの通話に出た気がするし、今が何時かわからないけれど、結構な時間は過ぎているはず。

それなら京之介君も連絡がつかない私に気づいてくれる。そう信じて下手に騒がないほうがいいのかも。

正直、すごく怖い。だけどなぜか怖いと思うほど冷静になる自分もいる。逃げるチャンスがあればすぐに逃げられるように、体力も温存しておこう。

深く息を吐いて自分を落ち着かせる。大丈夫、絶対に京之介君が助けに来てくれる。何度も頭の中で唱えていると、倉庫の大きな扉が開いた。外の光が一気に差し込み、思わず目を瞑る。

茜色ということは、今は夕方なんだ。

冷静に分析していると、柄の悪い男性を先頭に五名入ってきた。

「お、目を覚ましたようだな。一堂組の次期、姐《あね》さん」

声をかけてきたのは三十代くらいの派手なスーツに、金の指輪を三つの指につけている男性。どう見ても極道の世界の人で、恐怖で身体が震えてしまいそう。

「こんな状況でも泣きもしないとは、さすが一堂組の若頭に気に入られた女だけはあるな」

思いもしない話に目を瞬かせてしまう。

一堂組の若頭っておそらく竜也さんのことだよね？　ということは、私は竜也さんの彼女だと間違われて連れてこられたってこと？

必死に頭の中で状況を整理していると、男性が部下らしき人に確認した。

「しかし、本当にこの女で間違いないんだよな？」

「へい。俺ともうひとりで一堂組のやつら総出で見送られているのをしっかり見ましたので、間違いないはずです」

「それならいいが……」

総出って……あ、もしかして一度だけ一堂組に呼ばれて行った時のこと？　たしかにあの日の帰りはみんな玄関に出て見送ってくれた。

そっか、だからこの人たちは私が竜也さんと付き合っていると勘違いしたんだ。

ここに連れてこられた理由には納得できたが、もし私が竜也さんの恋人ではないと気づかれたらどうなってしまうのだろうか。想像しただけで怖くなる。

「しかしあんたもバカだな。あいつの女になんかならなければ、こんなことにはならなかったのに」

そう言うと男性は私と目線を合わせるように膝を折った。

「知ってるか？　一堂組はなぁ、後継ぎが尻尾巻いて逃げちまったヘタレなんだ。そのヘタレの弟がお前の男だって知っていたのか？」

「……っ」

京之介君と竜也さんのことをなにも知らないくせに……！

だけどここで言い返しでもしたら、なにをされるかわからない。ただ、静かに怒りを鎮める。

「昔から一堂組は気に食わなかったんだ。俺らがやることに口出しして変に正義ぶりやがって……！　ヘタレの京之介だっけ？　あいつがとくにうるさくてな。弟もそっくりでうんざりしていたんだ。ここらで一度、お前を利用して痛い目に遭わせてやろうと思ってな」

「さすがのあいつも自分の女を人質《ひとじち》に取られたら、ひとりで来るでしょう」

「いや、わかりやせんよ。この女を見捨てる可能性もあります」

「その時はその時だ。女はうちの店で働かせればいい」

うちの店って絶対に普通のお店じゃないよね？　嫌でもいかがわしい行為をする場所を思い浮かべてしまう。

「案外見捨てるかもしれませんね」

「そうだな、兄弟揃ってヘタレだからな。どうせ兄貴は堅気の世界でロクな生き方していないだろう。弟も若頭の座が危ういっていう噂だし、一堂組も落ちぶれたもんだな」

そう言って大きな声で笑う男性たちに、怒りが沸々と湧き上がっていく。

ただ静かに助けがくるのを待つのがベストだ。変に騒いだらなにをされるかわからない。だけど、本当にそれでいいの？　好きな人と、その人の大切な家族を悪く言われているのに……。

怒りを鎮めるように俯いて、唇をキュッと噛みしめた。

「それにしても一堂組は人情もなにもありゃしねぇよな、長男は一堂組を追い出されただけではなく、親子と兄弟の縁まで切られたんだろ？　もしかしたらやばいことをやって追放されちまったのかもしれねぇ」

再び大きな声を上げて笑う男性たちにたまらず声を上げた。

「なにも知らないのに、勝手なことを言わないでください！」

倉庫内に私の声が響き、シンと静まり返る。

まさか私が話すとは夢にも思わなかったようだ。しかし、私の怒りは収まらず呆然とする男性たちに向かって続けた。

「京之介君はヘタレでも追い出されたわけでもありません！　自分の意思で極道の世界から出ることを決めて、それを一堂組の皆さんは受け入れたからこそケジメとして縁を切ったはずです。それに一堂組の皆さんは人情溢れる方ばかりです」

たしかに見た目はちょっぴり……いや、かなり怖いけれど、礼儀正《れいぎただ》しくて仲間を大切に思っている。

それは京之介君のお父さんと竜也さんが、家族と一堂組の皆さんを大切に思っているからこそだ。それなのに、勝手なことを言わないでほしい。

「この女っ……！　若頭に対してなに言ってんだよ！」

男性の怒鳴り声が倉庫中に響いて、思わず肩がすくんだ。

けれど、後悔はしていない。京之介君と竜也さんたちが悪く言われているのに、黙ってなんていられなかったから。

「身のほども知らずに、生意気言いやがってっ」

男のうちのひとりが私に向かって高く手を振り上げた。殴られる！　そう覚悟を決めてギュッと目を閉じた。

命をかけて守りたい存在　京之介SIDE

「……社長、いい加減に機嫌を直してくれませんか？」

「それは無理な話だ」

カタカタとパソコンのキーを叩きながら、俺の様子を窺う矢口をチラッと見た。

「これぱかりは、社長が直接コードを打ち込んでいただかないことには解決いたしません」

「わかってるさ。だからこうして梅乃と一緒に過ごしていたのに会社に来たんだろ？」

プログラミングに異常が発生し、対応できる社員が新婚旅行中で、他に対応できるのが俺しかいないということで呼び出されたのだ。

仕方のないことだと頭ではわかってはいるが、せっかく梅乃とずっと夢見ていた幸せな朝を迎えたというのに……。

本当だったら今頃は、梅乃と家で映画を見たり、一緒に昼食を作っていたりしたかもしれない。手を繋いで近くを散策してみるのもいいと思っていた。

考えれば考えるほど、やり場のない怒りが呼び出した矢口に向かっていく。

「社長、わたしを睨んでも仕事は終わりませんよ？」

「そうだな。集中して一刻も早く終わらせる」

矢口に正論を言われ、小さなため息をひとつ漏らして気持ちを入れ替える。

「ではわたしは作業が捗《はかど》るように珈琲を淹れてきます」

「あぁ、頼む」

できれば、ひとりで買い物をしていると言っていた梅乃を迎えに行きたい。そのためにも早く終わらせよう。

矢口が淹れてくれた珈琲を飲みながら作業に当たった。

「お疲れ様でした。すぐに開発部に確認するよう伝えます」

「そうしてくれ」

長時間パソコン画面を見つめていたせいで、目や肩が痛い。肩を回しながら立ち上がってストレッチする。

首をぐるぐると回して時計を見ると、十三時になろうとしていた。この時間だと、梅乃はもう買い物を済ませて家にいる頃だろうか。

テーブルの上にあるスマートフォンを手に取り、梅乃に連絡しようとした時に電話が鳴った。

「び、っくりした」

思わず落としそうになったスマートフォンをしっかりと握って相手を確認した瞬間、目を疑う。

「……竜也？」

画面には一堂組を出てから、一度も連絡を取り合っていない弟の〝竜也〟の名前が表示されている。

なぜ今さら竜也から電話がかかってきたんだ？　間違い？　いや、そんなはずはない。

もしかしたら父になにかあった？　緊急でない限り連絡などしてこないはず。とにかく出なくては。

少しだけ騒がしい心臓の鼓動を抑えながら通話ボタンを押した。

「……もしもし」

『兄貴!?　よかった、電話に出てくれて。ごめん、時間がないから用件だけ言う』

息継ぐ間もなく言うと、竜也は続ける。

『羽田さんが水無瀬組のもんに連れ去られたんだ』

「連れ去られたって……嘘だろ」

思いがけない話に言葉を失う。

水無瀬組といえば、昔から一堂組をなにかとライバル視していたところだ。勢力は圧倒的にうちが優位にもかかわらず、なにかと争うことも多くあった。

その水無瀬組がなぜ梅乃を連れ去ったんだ？

『たぶん前に一度だけ羽田さんをうちに招待しただろ？　その時に帰るところを見られていたようだ。あいつら、よくうちの周りをうろついていたから。……恐らく俺の女だと勘違いしているみたいで、女を返してほしければ、ひとりで来いって連絡があった』

竜也の話を聞いて頭を抱えてしまう。

堅気の人間が極道の家に出入りしたら、そう勘違いされてもおかしくない。極道の世界で生きていた時なら気づけたはずなのに、まったく気にもしなかった。

どうやら俺は、すっかり腑《ふ》抜《ぬ》けてしまったようだ。だが、竜也たちなら気づけたはずだろ？　それなのに……。

「どうしてくれるんだ？　お前らが安易に梅乃を家に呼んだばかりに起こったことだぞ」

『わかってる。……本当に悪かった。俺たちが命に代えても羽田さんを必ず無傷で連れ戻してくる。だから兄貴は安心して待っててくれ』

「……っ」

竜也の言うことはなにひとつ間違っていない。一堂組を抜けた俺には、梅乃を助けに行く資格がない。

だけど、こうして思い悩んでいる間にも梅乃はひとりで怖い思いをしている。それなのに俺はただ、竜也たちが梅乃を助けてくれるのを黙って待つだけでいいのか？

考えたくないが、もし梅乃になにかあった時に後悔しない？

その答えは簡単だった。

『羽田さんを助け出したらすぐに連絡するから』

早々と通話を切ろうとした竜也を、慌てて「待ってくれ」と止めた。

『説教ならあとでいくらでも受けるよ。とにかく早く羽田さんのところに……』

「俺が行く」

『行くって……えっ!?』

竜也があまりに大きな声を出すものだから、思わずスマートフォンを耳から離した。

『どういうことだよ！　兄貴は一堂組を抜けたんだぞ？　行けるわけねぇだろ』

「そんなことはわかってるさ。俺は一堂組の組員として行くんじゃない。梅乃の恋人として行くんだ」

好きな女を助けることができなかったら、一生彼女を幸せにすることなど無理な話だ。

「お前たちには迷惑をかけない。だから梅乃の居場所を教えてくれ」

『兄貴……』

むしろ竜也が行くより俺が行ったほうがいいのかもしれない。一堂組を抜けた俺が行けば、水無瀬組のやつらも梅乃は堅気の人間で、一堂組とは無関係だとわかるだろう。

立ち上がって社長室から出ようとした時。

『じゃあふたりで行こうぜ』

「えっ？」

ドアノブに手をかけたまま思わず動きが止まる。

「ふたりでって、なにを言ってるんだ？　いい、俺ひとりで行く」

『いいや、ふたりで行こう。……昔みたいにさ。それに羽田さんは兄貴にとって大切な人なんだろ？　だったら俺にとっても家族みたいなもんだ。俺も一堂組の人間としてじゃなく、家族として羽田さんを助けに行く』

「竜也……」

俺が一堂組を継ぐと決めた頃から、竜也とは少しずつ言葉を交わす機会が減っていき、次第に目さえ合わなくなっていった。

てっきり俺は竜也に嫌われていると思っていたけれど、違ったのか？　そうでなければ、〝家族〟だなんて言わないよな？

『とにかく早く合流しようぜ。話はそれからだ』

「あ、あぁ」

今は梅乃を助けることを第一に考えるべきだ。どうか無事でいてくれ。

「矢口に言って俺がそっちに向かう」

『了解』

通話を切り、戻ってきた矢口に事情を説明して一堂組へと向かった。

家の前で待っていた竜也は、一緒に行くという部下たちを残したまま矢口の運転する車に乗るなり、俺に向かって「すまなかった」と深々と頭を下げた。

「謝ってもらうのはあとだ。早く梅乃の所に案内しろ」

「あぁ、わかった」

すると竜也は運転席の矢口に声をかけた。

「あいつら、東京湾《とうきょうわん》付近の空き倉庫にいるらしい。矢口、道は大丈夫か？」

「はい、大丈夫です」

すぐに矢口は車を発進させた。

「さっき、あいつらから電話がかかってきて、羽田さんの無事は確認済みだ。やっぱり俺の女だと勘違いしていた」

「そうか。梅乃は怪我もしていないんだよな？」

「あぁ、それもしっかりと確認した。さすがに嘘はつかないだろう」

梅乃は今、どんな気持ちでいるだろうか。

無事だと聞いて安心したものの、彼女の気持ちを考えると胸が痛い。

「矢口、急いでくれ」

「わかってます」

スピードを上げ、車は梅乃がいる東京湾へと向かった。

休日ということもあって、コンテナがたくさん積み重なっている倉庫付近に人影はない。人を監禁するにはもってこいの場所というわけだ。

「兄貴、こっちだ」

もしもの時は一堂組に連絡してもらえるよう矢口を車内に残し、俺と竜也は静かに車から降りた。拳銃を隠し持ち、竜也に先導してもらいながら歩みを進めていく。

すると遠くから話し声が聞こえてきた。竜也はあそこだと俺に手で合図を送る。

相手に気づかれないようにゆっくりと近づいていく。見えてきた倉庫の前には見張りが三人立っていた。

「俺が行こうか？」

コソッと聞いてきた竜也に対して、首を横に振った。

「俺ひとりで十分だ」

見張りと言っても、完全に油断して寛《くつろ》いでいる三人に向かって駆け足で進む。

「なっ……！」

気づいた頃にはひとりを背後から仕留めて気を失わせ、すぐさま襲ってきたもうひとりも同様に落とす。

そして最後のひとりは、竜也が静かに気を失わせていた。

「俺がやっつけなかったら兄貴、やばかったぞ。無敵だった兄貴もさすがに鈍ったか」

「……うるさい」

悪態をつきながら、ゆっくりと倉庫のドアを開けた。入口近くには人の気配はなく、ふたりで先へと進んでいく。すると男の笑い声と、俺や竜也、そして一堂組をバカにする話が聞こえてきた。

「あいつら、力では俺たちに勝てないからって好き勝手言いやがって……っ！」

竜也は怒りを露わにする。

「勝手に言わせておけ。油断している間に距離を詰めるぞ」

さっきから聞こえてくるのが男の声ばかり。もしかしたら梅乃は拘束されて、口も塞がれているのかもしれない。いや、そもそもの話、昔からなにかと卑怯《ひきょう》な手を使っていた水無瀬組のことだ。ここに梅乃がいない可能性もある。

それでもあいつらがここを指定してきた以上、梅乃を探す手がかりはここにしかない。

気づかれないように慎重に進んでいくと、急に梅乃の声が響いた。

「なにも知らないのに、勝手なことを言わないでください！」

その声に男たちは驚いたのか、シンと静まり返る。

「京之介君はヘタレでも追い出されたわけでもありません！　自分の意思で極道の世界から出ることを決めて、それを一堂組の皆さんは受け入れたからこそケジメとして縁を切ったはずです。それに一堂組の皆さんは人情溢れる方ばかりです」

梅乃の言葉に胸が熱くなる。しかしそれは俺だけではなかったようで、竜也は目を潤ませていた。

「うぅ……羽田さん……いや、義姉《ねえ》さんっ」

俺だけではなく、一堂組のやつらのことまで庇《かば》ってくれるとは。梅乃らしいし、そんな梅乃がもっと好きになった。

だが、これは完全にまずい状況だ。さっきの話を聞いた水無瀬組のやつらがおとなしくしているとは思えない。梅乃が危険だ。

「竜也、一気にいくぞ」

「あぁ」

互いに合図を送り、駆け出して声のしたほうへと急ぐ。

「この女っ……！　若頭に対してなに言ってんだよ！」

男の怒鳴り声が倉庫中に響く。

やっぱり思った通りだ。女の梅乃にあんなことを言われたら、血の気が多いあいつらなら逆上するはず。

男たちは頭に血が上っているのか、俺たちが背後から近づいていることにまったく気づかずに梅乃を取り囲んでいた。

「身のほども知らずに、生意気言いやがってっ」

ひとりの男が大きく手を上げた瞬間、急いでその男の手を掴んだ。

「いてててっ」

思いっきり腕を捻り、地面に倒す。

「誰だっ」

不意を突かれ焦り出した男たちに、素早く竜也が拳銃の銃口を向けた。

「動いたら撃つぞ！」

竜也の声に男たちの動きが止まる。誰ひとり隠し持っている拳銃を手にすることができておらず、勝算はこっちにあった。

しかし男たちの後ろに梅乃がいる以上、こっちも下手に動けない。

「京之介君……っ！」

今にも泣きそうな弱々しい声で俺を呼ぶ梅乃。

「梅乃っ！」

咄嗟に彼女の名前を呼ぶと、水無瀬組の若頭が反応した。

「おい、どういうことだ？　この女は一堂組の女じゃなかったのか⁉」

「いいえっ、そんなはずは……っ」

「じゃあなんで勘当《かんどう》された兄貴が助けにきたんだよ！　どう見てもあいつの女だろうが‼」

部下に怒鳴る若頭は、相当怒り心頭の様子。あれでは冷静な判断などできないはず。揉めている隙に梅乃を助け出せればいいが……。

慎重に一歩踏み出した瞬間、若頭はそれに気づいてすぐさま背後から梅乃の首に腕を回した。

「動かないほうがいいのは、お前らのほうだろ。どっちのだろうが、ふたりだけでのこのこ来たってことは、この女はお前らにとって大事なもんらしいしな。可愛い顔に傷をつけてほしくなければ、その物騒なもんを下ろしてもらおうか」

そう言うと若頭は、ポケットの中から折り畳みナイフを取り出して梅乃の頬に当てた。

「おいっ！」

声を荒らげた竜也に対して、若頭は愉快そうに笑う。

「アハハッ！　お前らのその慌てた顔が最高にいいよ。この女の血を見たら面白いことになりそうだな。いや、ここで女を俺たちで犯した時のお前らの顔が見てみたいな」

「……っ」

怒りで頭がおかしくなりそうだ。一刻も早くその汚い手を梅乃から離したい。なにより涙目で小刻みに震える梅乃を抱きしめて安心させてやりたい。

梅乃を盾にしていることで余裕が生まれたのか、若頭は梅乃の手足を縛っていた縄をナイフで切り、無理やり彼女を立たせて再び頬にナイフを当てた。

「とりあえずその不愉快な銃を早く下ろせ。それでこっちに渡してもらおうか」

若頭の指示に、竜也は判断に迷っているようで俺を見つめた。

拳銃を渡せば、俺たちは丸裸も同然。しかしここで渋っては、梅乃の身が危険だ。

仕方がないが、おとなしく言う通りにするべきかもしれない。

拳銃を渡すように竜也に目配《めくば》せをした。

「……わかったよ」

竜也は小さなため息をひとつ零して、ゆっくりと銃口を下ろした。

「アハハッ！　よし、じゃあその銃をこっちに渡せ」

若頭は完全に安心しきったようで、大きな声で笑いながら部下のひとりに竜也から拳銃を受け取るように指示を出した。

今だ！

若頭が後ろにいる部下のほうを見た一瞬の隙を狙って俺は駆け出した。

「梅乃！」

「……っ！　ふざけやがって！」

梅乃を奪って自分の腕に抱きかかえた瞬間、肩から背中にかけて鋭い痛みがはしる。

「京之介君！」

「兄貴！」

梅乃と竜也の叫ぶ声と同時に、俺は梅乃を抱きしめたまま床に転がった。

無事に梅乃を奪還《だっかん》したが勝負はこれからだ。すぐさま竜也に持っている拳銃で応戦しろと言おうとした時、銃声が響き渡った。

「ぐはっ」

「うっ……」

竜也が撃った弾は見事に部下四人の足や肩などに命中し、四人は蹲《うずくま》った。

「ナイフを捨てて手を上げろ！」

竜也の大きな声に若頭は驚き、手にしていたナイフを手離した。カランとナイフが床に落ちる音が響く。

「形勢逆転だな。お前の慌てるその顔、実に愉快だよ」

さっきの仕返しとばかりに嫌味たっぷりに言う竜也に、若頭は悔しそうに顔を歪めた。しかし、どこか余裕がありそうな表情が気にかかる。

「竜也、慎重にいけ。もしかしたらまだなにか武器を隠し持っているかもしれない」

「あぁ、わかってるよ」

ジリジリと距離を縮める竜也。緊迫の状況に俺の腕の中で梅乃は小刻みに震えていた。そんな梅乃を安心させるように、強く抱きしめる。

「大丈夫、もう終わるから」

彼女の目を隠して視界を奪う。

俺も加勢したいところだが、こんなにも不安がっている梅乃を少しの時間もひとりにさせるわけにはいかない。

見張りは気絶させてきたし、ここに来るまでに水無瀬組の者は見当たらなかった。でも、もしかしたらどこかに隠れていて、若頭を救う機会を窺っている可能性もある。

緊張がはしる中、こちらに近づく多くの足音が聞こえてきた。すると若頭が突然笑い出す。

「アハハハッ！　俺らがこんな少人数で待ち構えているわけがないだろうが。見張りのやつらはやられちまったようだが、こんなこともあろうかと倉庫の奥にも忍ばせておいたのさ」

やはりまだ仲間がいたのか。どうすればいい？　ここは一旦《いったん》引くべきか？　今すぐに逃げれば間に合うはず。

「竜也」

しかし竜也は俺の声が聞こえないほど逆上しているようで、若頭に向かって「相変わらず卑怯なやつだな！」と怒鳴り散らした。

「どこか卑怯なんだ。むしろ親切だろ？　たったふたりのために大勢で迎えてやっているんだから」

高笑いする若頭に竜也は悔しさを露わにする。

「竜也、一旦引くぞ」

「でもっ……！」

「いいから!!」

昔から負けず嫌いの竜也にしてみれば、逃げることなどしたくないとわかっている。

でも今、最も優先するべきは梅乃の安全だ。それを竜也もわかっているようで、「わかった」と小さな声で呟いた。

「おい、尻尾巻いて逃げるなんて、一堂組の名が泣くぜ？」

若頭の挑発に竜也の足が止まる。

「うるさい！　あとで覚えてろよ」

「負け犬の遠吠えだな。だが、簡単に俺たちから逃げられるとは思わないことだ」

俺たちを脅す言い方に不安が募る。

「梅乃、俺の肩に掴まって」

「う、うん」

言われた通り俺の肩に腕を回した梅乃を抱き上げた。若頭に切られた傷に痛みがはしるもこらえる。

そして竜也とともに去ろうとした時、勢いよく大勢が駆け込んできた。

「そこまでだ！」

それは聞き覚えのある声。目を向けると、父さんと一堂組の組員がズラッと並んでいた。

「え、どうして親父がここに？」

混乱する竜也同様、突然現れた父さんたちに俺も困惑する。

「どういうことだ？　あいつらは？」

いるはずの仲間がいないことに焦る若頭に対し、父さんは睨みを利かせた。

「一堂組に手を出すということはどういうことなのか、水無瀬組の若いもんにしっかりと教えてやろう!!　お前ら、若頭に指導してやれ」

「「へい」」

「く、来るな！」

たじろぐ若頭を一堂組が連れて出ていった。

緊張の糸が切れたのか、梅乃は「よかった」と安堵《あんど》した。

「あぁ、もう安心だ」

どういう経緯で父さんたちが来たのかはわからないが、もう梅乃に危害が加えられることはない。

「本当によかっ……」

「……梅乃？　おい、梅乃！」

急に意識を手放した梅乃に焦りを覚える。

「落ち着け、京之介。安心したのだろう。堅気のお嬢さんなのに、助けがくるまでよく耐えられたものだ。……さすがはお前が選んだ女性だ」

「親父……」

父さんに会うのは一堂組を出て以来だ。……しばらく見ないうちに小さくなった気がする。

「義姉さん、かっこよかったんだぜ？　水無瀬組のやつらに向かって俺たちのことを庇ってくれてさ。みんなにも聞かせてやりたかった！　それはそうと親父、どうしてここがわかったんだ？　若いやつらには口止めしておいたのに」

「それはわたしが組長に連絡をいたしました」

拳銃をポケットにしまいながら聞く竜也に、いつの間に来たのか矢口が答えた。

「おふたりを危険に晒すわけにはいきませんでしたから。……申し訳ございません」

深々と頭を下げる矢口に対し、父さんも続ける。

「お前たちのことを思って連絡をくれたんだ。矢口を責めるな。それに京之介の大切なお嬢さんに傷でもつけられたら、お前の父親として黙ってなどいられなかった」

そう言うと父さんは、俺の腕の中で眠る梅乃の寝顔を見つめた。

「いい人を見つけたな。……改めて挨拶に伺うとしよう」

「え？　それって……」

どういう意味だ？　俺たちはもう親子の縁を切った仲だ。本来ならばこうして会うことも許されなかったはず。

「水無瀬組と話をつけてから、また今度ゆっくり話そう。今は早くお嬢さんを休ませてやれ」

「あ、あぁ」

戸惑いながらも返事をすると、父さんは矢口に「悪いが竜也も送ってくれ」と言って去っていった。

「行きましょう、若」

「そうだな。早く梅乃を休ませてやりたい」

こうして俺たちは倉庫を後にし、矢口の運転する車で帰路に就いた。

俺は後部座席に乗り、梅乃の頭を俺の膝に乗せて寝かせた。すると助手席に座る竜也がこちらを見ながら聞いてきた。

「兄貴、肩の傷は大丈夫か？」

「平気だ。それほど深く切られたわけではないしな。軽い怪我だ」

血もいつの間にか止まっている。

「肩を切られたって本当ですか？　帰ったらすぐに手当てします」

心配そうに言う矢口に「頼む」と返しながら、助手席に座る竜也を見る。

竜也と会うのは五年以上ぶりだというのに、いきなり電話をしてきたり、幼い頃によく見ていた屈託のない笑顔を向けられたりして調子がおかしくなる。

「それとさ、兄貴……こうなることを予想できていたのに、本当に軽率に羽田さんを家に呼んでごめん。実はどうしても俺が直接挨拶をしたくて家に呼んだんだ」

「お前が呼んだのか。……なぜ梅乃を家に呼んだんだ？」

てっきり俺の派閥にいた一堂組のやつらが呼んだとばかり思っていた。しかし、なぜ呼んだんだ？

その理由を竜也の口からちゃんと聞きたくなった。それは矢口も気になるようで、バックミラー越しに目が合った。

すると竜也は戸惑いながらも話し始めた。

「兄貴に恋人ができたって知って、居ても立っても居られなくてさ。……恋人は兄貴が元極道だって知らないかもしれない。事実だけを中途半端に知ったら、愛想を尽かす可能性もあると思ったから、それなら逆に直接会って兄貴はもう俺らとはなんの関係もないし、兄貴は優しくて才能があってすごい人だって伝えたかったんだ」

思いがけない理由に耳を疑う。

「俺……昔は恥ずかしくて自分の気持ちをうまく言えなかったんだけどさ、兄貴には極道の世界じゃなくて堅気の世界で幸せになってほしいってずっと思っていたんだ。兄貴は優しいから、この世界には合わない。それに無理しているようだったから」

まさか竜也がそんな風に思ってくれていたなんて夢にも思わず、言葉が出ない。

「無事に兄貴は堅気の人間になって、事業も成功して恋人もできた。俺はどう思われていようと兄貴が幸せならいいと思っていたんだけどさ、羽田さんが頻繁に兄貴の写真や様子を送ってくれるんだ」

「梅乃が？」

これにはびっくりして声が出てしまった。矢口も驚いたようで「知りませんでした」と声を漏らした。

「もう事細かに教えてくれるんだぜ？　親父といつも羽田さんからメッセージが送られてくるのを心待ちにするようになってさ。……俺も親父もあの時は仕方がなかったとはいえ、兄貴と家族の縁を切ったことを後悔するようになった」

まさか竜也だけじゃなく、父さんもそんな風に思ってくれていたなんて……。にわかには信じがたい話に言葉が見つからない。

「最近ではさ、一堂組は組の若いやつらに任せて、俺たちも堅気になるかって親父が冗談を言うようになってさ。俺もその気はないけど、正直、それもいいなって少し思っちまった。……それくらい、兄貴と会いたくてたまらなかったんだっ」

竜也の声は震えていて、嘘を言っているようには思えない。

「だけどこうして兄貴と会った以上、俺は組を抜ける覚悟でいる」

「なに言って……」

「もとはと言えば、俺がまいた種だ。その責任は取るつもり。だから兄貴が気にする話じゃないからな？　あ、でも俺が堅気の人間になったら、兄貴の会社で雇《やと》ってくれよ」

冗談交じりに言う竜也に、拍子抜けしてしまう。

だけど、幼い頃はこんなやつだった。話をしなくなる前はこうしてよく冗談を言って俺に怒られていたよな。

「わかったよ、その時はお前を雇うよ。……掃除要員くらいにはなるだろ」

「掃除要員かよ！」

すかさず突っ込んできた竜也に思わず笑ってしまうと、彼も俺につられるように笑う。

こうして竜也と再び話せる日がくるなんて夢にも思わなかった。それはきっと、梅乃が俺の知らないところで竜也と連絡を取り合ってくれていたからかもしれない。

まず先に梅乃を自宅に送り届け、事情を説明してご両親に謝罪をした。ふたりとも戸惑っていたが、俺が怪我していることに気づき、「梅乃を守ってくれてありがとう」「今後もなにがあっても、梅乃を守ってほしい」と言われた。

もちろん命に代えても梅乃のことは守っていくつもりだ。俺の生涯をかけて……。


「おい、矢口。俺はまだ出社しちゃいけないのか？」

「当然です。なにが軽い怪我ですか。十針も縫《ぬ》う大怪我です。せめて抜糸《ばっし》が終わるまではご自宅で安静にお過ごしください。それに仕事は家でもできるでしょう」

「それはそうだが……」

あの日から二日が過ぎたが、梅乃にはまだ会えていなかった。連絡は取り合っているが、昨日は梅乃も大事をとって会社を休んだと言っていた。

今日から出社すると言っていたけれど、身体は大丈夫だろうか。昨夜電話した時は元気そうだったが怖い思いをしたんだ、強がっていただけなのかもしれない。

やっぱり会って顔を見て話さないことには安心できないな。だから俺も今日から出社したかったというのに……。

監視も兼ねて俺の部屋に仕事道具を持ち込んできた矢口を、どうしても恨めしく思ってしまう。

「どうされました？　疲れたなら珈琲でも淹れましょうか」

「そうだな、心を落ち着かせたいから頼む」

「わかりました」

矢口が仕事を中断して席を立った時、コンシェルジュから連絡が入った。

「なんでしょう」

そう言いながら矢口が通話に応じる。

「はい。……え？　本当ですか？　はい、もちろん通して大丈夫です」

なにやら慌てながらチラッと俺を見る矢口。そして通話を終えた彼に「どうした？」と尋ねた。

「それが、組長と竜也さんがいらっしゃっているようです」

「親父と竜也が？」

「はい」

どうしてふたりが？　そもそもなぜ？

疑問が募る中、矢口はふたりを出迎えるために玄関へと向かった。

「おふたりを連れてまいります」

「あ、あぁ」

矢口がふたりを迎えに出ていった後も、俺は困惑したままだった。たしかにこの前、今度ゆっくり話そうとは言っていたけれど、まさかこんなに早く来るとは思わなかった。

心の準備もままならないまま、矢口が父さんと竜也を連れてきた。

「どうぞ」

珈琲を人数分淹れて、矢口はそれぞれテーブルに並べた。

「悪いな、矢口」

「サンキュー」

口々に言い、父さんと竜也はさっそく珈琲を飲んだ。

矢口が珈琲を淹れている間、俺たちはテーブルを挟んで座っていたわけだが、一言も言葉を交わしていない。

ふたりとも話があるから来たはず。その話とは、いったいなんだろうか。緊張がはしる中、矢口が俺の隣に腰を下ろしたのを確認して父さんが口を開いた。

「水無瀬組のことはしっかりと落とし前をつけさせた。あいつらがうちに手を出してくることは二度とないだろう」

「そっか」

父さんが言うのだから間違いはないだろう。

「それとだな……俺たちの関係についてだが」

言葉を濁して、なかなか話を進めない父さんを見かねて代わりに竜也が口を開いた。

「俺も親父も約束を破って兄貴に会っちまっただろ？　ケジメとして、組を抜けて後は任せようってなったんだけど、みんなに反対されてさ」

「京之介を慕っているやつも多いし、なにより人情を大切にする一堂組だからこそ忠誠を誓ったと言われちまってな。あいつらは京之介が組を抜けたからといって血縁まで切ることはないと今さら言うんだ」

「つまり一堂組の敷居を跨がなければ、俺も親父も兄貴に好きに会って家族の絆を深めろって言うんだよ」

ふたりの話は予想外のもので、驚きを隠せない。

「そういうわけで、これからは頻繁に兄貴と義姉さんに会いに来るから」

「俺もしっかりと挨拶をしたいと思ってな。近々食事の席を設けようと思う。ゆくゆくはお嬢さんの親御さんにもご挨拶をしようと考えている」

竜也は照れくさそうに話す父さんを、隣でニヤニヤしながら見ている。

だけど、本当にいいのだろうか。一堂組の全員が好意的とは限らない。もしかしたら反対する者がいるかもしれない。

本音を言えば、頻繁に父さんと竜也に会えることは嬉しいが、俺に会うことでふたりに迷惑をかけたくはない。

そんな俺の迷いは矢口に気づかれたのか、クスリと笑った。

「若、一堂組の敷居を跨がなければ組長と竜也さんに会ってもいいと思います。組員は家族がいない者が多く、一堂組が家族のようなものです。……誰だって家族には幸せであってほしいものでしょう」

まるで自分もそうだと言うような口ぶりだ。矢口も俺のことをそんな風に考えてくれているのだろうか。

「みんな矢口のように思ってくれていたら嬉しいな、親父」

「そうだな」

ふたりを見て、矢口は頬を緩めた。

「とにかくだ、京之介。これからは父親として最低限のことはしてやれるだろう。だから結婚したければいつでもすればいい」

「そうそう。俺も早く義姉さんと家族になりたいし。親父も孫を見たくてたまんねぇんだよな」

「まぁ……孫は可愛いと聞くしな」

あまりに飛躍《ひやく》するふたりに呆気《あっけ》に取られてしまう。

「よかったですね、これで梅乃ちゃんといつでも結婚できますよ」

「そんなすぐにするわけがないだろ」

気持ち的にはいつでもしたいところだが、順序というものがある。

「なにも障害などないのですから、おふたりがしたいタイミングですればいいと思います。結婚したいと思える相手と巡り合えたことは奇跡なのですから」

いつになくロマンチックな話をする矢口に、ふと「お前はそういう相手はいないのか？」と聞いてみた。

「それは秘密です」

「なんでだよ、そこは言うところだろうが」

笑顔で即答する矢口に突っ込めば、彼はクスクスと笑った。

「わたしは若が幸せならそれでいいんですよ。……それよりもいいんですか？　おふたり、まだ影もかたちもない若と梅乃ちゃんのお子さんの話で盛り上がっていますけど」

矢口の言う通り、ふたりは男の子ならこうしたい、女の子ならああしたいと話し込んでいた。

「あの様子では、実際におふたりが結婚してお子さんが生まれたら毎日家に来そうですね」

「あり得そうで怖いな」

だけど、そんな未来を想像できることが幸せだとしみじみと感じてしまった。

一生に一度のプロポーズ

「え！　ついに組長さんが梅乃のご両親と対面したの!?」

「うん。最初はどうなるかと心配していたんだけど、思いのほか気が合っちゃってさ。お父さん同士、楽しそうにお酒を酌み交わしていたよ」

水無瀬組に連れ去られた事件から三ヵ月が過ぎたある日のこと。グランディールに営業に来ていた悠里と、外にランチに出かけた。

会社近くのオープンカフェに入り、天気もいいから外の席で注文したオムライスを食べる中、これまでのことを話し始めると悠里は楽しそうに目を輝かせた。

「そっかそっか。初めて組長さんと食事をするって話を聞いた時、緊張していたのが懐かしいね」

「……うん」

事件後、京之介君たち家族は交流を再開させた。それは一堂組の皆さんの後押しが大きかったようだ。

ケジメとして一堂組の敷居を跨ぐことができないため、組員の皆さんとは会うことは叶わないけれど、竜也さんに聞いた話では、竜也さんを通して一堂組の皆さんは京之介君の様子を聞いているそう。

足を洗ったとはいえ、今も京之介君を慕う人は多いと竜也さんが嬉しそうに言っていた。

そして京之介君のお父さんに初めて食事に誘われた時は、本当に緊張していて正直、なにを話したのかほとんど覚えていない。

でも父親として京之介君を大切に思っていることはしっかりと伝わってきたし、すごく私にも気遣ってくれた。きっとそんな人柄が一堂組の皆さんに慕われているんだと思う。

それから彼のお父さんと竜也さんも交えて四人で会う機会が増えていった。京之介君が一堂組に入ることができないからか、頻繁にふたりが彼のマンションに訪ねてきているようだ。

話の中で、京之介君からふたりのことを聞くことが多くなっているのがその証拠。

そしてつい先週の日曜日、私と京之介君、私の両親と京之介君のお父さんの五人で会食する機会が設けられた。

開口一番に京之介君のお父さんは、家業のせいで私を危険な目に遭わせてしまったことを謝罪した。それと、今後は京之介君はもちろん、彼のお父さんも家族総出で私を守ってくれるとも言ってくれた。

他に不安なことはなんでも聞いてほしいし、不満をぶつけてくれていいとまで言ってくれて、その姿に両親はすっかりと信用を寄せたようだ。

今では父同士、良い飲み仲間となっているようで頻繁に飲みに行っているみたい。

「一堂と再会してから怒涛《どとう》の日々だったと思うけど、やっと幸せをしみじみと感じられるようになったんじゃない？」

「そうかもしれない」

京之介君は私を助ける際に十針も縫う大怪我を負った。それでも出勤しようとしていたみたいで、止めるのが大変だったと矢口さんがぐちを零していた。

抜糸も終わって回復したところで大きな受注があり、新たなアプリ開発に着手した彼は、ここ一ヵ月間多忙で休日も仕事をしていた。

それもやっと落ち着いてきたようで、今週末は久しぶりにふたりで出かけようと約束をしていた。

今のところ、身体を動かしたいという京之介君のリクエストで、初デートで行った国営公園に行く予定。

今度はバドミントンなどを持っていき、思いっきり遊ぼうと話している。

「なにニヤニヤしてるの？」

「えっ！　嘘、ニヤニヤしてた？」

悠里に言われて思わず頬に触れてしまう。

「してたよ。それはもう幸せいっぱいですって感じに」

しみじみと言われると恥ずかしくなり、少しずつ頬が熱くなっていく。そんな私を見て悠里はふわりと笑った。

「梅乃が幸せそうでなによりだよ。なんか私も幸せになりたくなっちゃったな」

「それはもちろん幸せにならなくちゃ」

あまり恋愛には前向きじゃなかったけれど、気持ちが変わったのかな？　だったら全力で応援したい。

「そうだね。じゃあまずは梅乃と一堂の結婚式で新たな出会いを見つけるか」

「結婚式って……！　どれだけ先の話をしてるのよ」

まだ付き合い始めて三ヵ月が過ぎたばかりだというのに。

「えぇー、案外その日も近いかもしれないじゃない。べつに交際期間が長かろうが短かろうが、うまくいく人はうまくいくし、いかない人はいかないものでしょ？　それでいったら、梅乃たちは前者じゃん。なにがあってもふたりは離れないと思うし」

まるで未来でも見たかのように断言する悠里に面食らうも、そういう風に思ってくれているのが嬉しいし、私もそうであってほしい。

「とにかく結婚式には絶対に呼んでよ？　一堂には会社のイケメンをたくさん招待するようによーく言っておいて」

彼女らしくて思わず笑いながらも「了解」と答えた。

悠里がグランディールに営業に来た時は、決まってふたりでランチをしていた。休憩時間ギリギリまで盛り上がるところ、今日は違った。

なぜか食べ終わるや否や、悠里はしきりに腕時計で時間を確認していた。

「もしかしてこの後に予定が入っていたの？　だったら私のことは気にしないでいいよ」

「えっ？　あ、ううん！　違うの。……あー、違わくもないんだけど」

なぜか頭を抱える悠里に首を傾げてしまう。

「本当にどうしたの？」

心配で声をかけた瞬間、悠里は勢いよく立ち上がった。

「行くよ、梅乃！」

「行くって……え？　ちょっと悠里!?」

伝票片手に早足でレジに向かう悠里を慌てて追いかける。彼女は手早くカードでふたり分の支払いを済ませた。

「悠里、お金」

「大丈夫。あいつのカードだから」

「あいつ？　あいつって誰？」

「あいつって言ったらあいつよ」

言葉を濁して教えてくれない悠里は、私の腕を掴んだ。

「私には自然に梅乃を連れていくのは無理だから、さっと行くよ」

「もう、だからさっきからなんなの？」

「いいから早く」

悠里がなにかを隠しているのは明らか。しかし、それがなんなのかがわからない。もしかしたらどこか連れていきたいところがあるのかもしれないと思ったけれど、グランディールに戻った。

てっきり悠里は自分の会社に戻ると思っていた。

「まだ仕事が終わっていなかったの？」

「ううん、仕事は終わったよ。あ、でもプライベートの仕事が終わっていない」

プライベートってなに？　しかし、それを聞いてもやっぱり「秘密」と言ってはぐらかされてしまった。

エレベーターでグランディールのオフィスがある三十五階から三十六階ではなく、なぜか社員食堂などがある三十七階に向かった。

「あれ？　仕事じゃないの？」

三十七階には営業部や広報部のオフィスはないのに。

「仕事だよ」

それなのに仕事だと意味のわからないことを言う。とりあえず悠里に続いてエレベーターから降りる。

休憩時間だからか、社員食堂に向かう人、戻る人で廊下は多くの社員が行き交う。

しかし突然全員が両端に寄り、道を作り出した。

「え？」

さらに人気のラブソングが流れ出し、エレベーターから降りてきた人たちが廊下に真っ赤な絨毯を敷き始めた。

「なにこれ」

突然の出来事に足を止めて呆然となる中、絨毯を敷いた人もみんなと一緒に端に寄る。すると音楽が変わり、それと同時にみんなが手にしていた花びらが宙を舞った。

わけもわからぬ中、悠里が私の背中を押した。

「はい、行って行って」

「え？　ちょっと悠里？」

ぐいぐいと背中を押され、なぜかみんなに「おめでとう」と祝福されながら赤い絨毯の上を歩いていく。

すると視線の先には、大きなバラの花束を持った京之介君がいた。

「……京之介君？」

一瞬足が止まるも、背後から悠里に「梅乃、一堂のところまで行って」と言われ、再び歩を進める。

そして私が京之介君の前で足を止めると、自然と音楽も止まった。シンと静まり返る中、京之介君は私にバラの花束を差し出した。

「梅乃、受け取ってくれる」

「う、うん。ありがとう」

戸惑いながらも受け取った真っ赤なバラの花束は、ずっしりと重みがある。

「そのバラ、全部で百八本あるんだ」

「そんなにあるの？」

びっくりして聞き返すと、京之介君は深く頷いた。

「贈るバラの本数によって意味があって、どの言葉を花束に込めて渡せばいいのか悩んでさ。おまけにいつの間にか会社のみんなから俺の恋を応援されていたようで、なんでも協力するって言われたら、余計に迷ってしまった」

あ、社長応援隊なるものの存在を京之介君も知っちゃったんだ。ん？　待って。みんなに協力してもらって京之介君がしたいことってもしかして……。

ある考えが頭をよぎり、一気に緊張が増す。

「百八本のバラの花束の意味は、〝結婚してください〟」

ドキッとするプロポーズの言葉を口にすると、京之介君は跪《ひざまず》いてポケットから小さな箱を手に取り、その箱のふたを開けた。

「初恋は実らないものだと諦めた時期もあったけど、偶然にも再会してやっぱり諦めたくないって思いが強くなった。梅乃のことを知れば知るほど好きになっていって、この先の長い人生の中で、梅乃以上に誰かを好きになれないと断言できるほど愛しているんだ」

愛の言葉を囁きながら京之介君は愛しそうに私を見上げた。

「俺の命に代えても生涯大切にすると誓います。……羽田梅乃さん、どうか俺と結婚してくれませんか？」

まるで夢を見ているかのような突然のプロポーズに、驚きと嬉しさと感動と、とにかく様々な感情が一気に押し寄せてきて涙が零れ落ちた。

過去のトラウマが残っていて、大人になっても人と接することが苦手だった。そんな私を変えてくれたのが、この会社だ。

京之介君を通してみんなと打ち解けることができて、今では廊下ですれ違うたびに誰とも挨拶を交わすことができている。

経理部のみんなも優しくて、一番関わりのある部署のみんなのおかげで早くに会社に溶け込むことができ、仕事も覚えることができた。

毎日会社に行くのが楽しみなほど。そんな会社のみんなに祝福され、大好きな人にプロポーズされている今は、夢の世界じゃないよね？

「梅乃、返事を聞かせてくれないか？　……でないと、みんなの視線が痛くてたまらない」

居心地が悪そうな京之介君から周りに目を向けると、みんな私と彼に期待の眼差《まなざ》しを向けていた。

答えなんてとっくに決まっている。私だって京之介君以上に好きになれる人と出会う自信がない。

「はい、よろしくお願いします」

返事をして差し出されたままの指輪が入った箱を受け取った瞬間、廊下中に大きな歓声が上がった。

「社長、おめでとうございます！」

「梅乃ちゃん、社長のことをよろしくね」

「結婚式には全社員を呼んでくださいよー！」

「お幸せにー！」

拍手とともに祝福の言葉ももらい、京之介君と目が合うとお互い照れくさくなってはにかむ。

大きなバラの花束にダイヤモンドが輝く指輪。それと私にとって大切な場所となった会社で仲間に見守られたプロポーズだなんて、最高に幸せで一生忘れられないものになった。

昼休みが終わってからもしばらくみんな仕事に戻らず、次々と私と京之介君に祝福の言葉をかけ続けてくれた。

「綺麗」

プロポーズ後、悠里からのリクエストでみんなの前で左手薬指に指輪をはめてもらった。仕事が終わって京之介君とともにレストランで食事をし、彼のマンションを訪れた今も、ちょっと夢心地だ。

「まだ見てるのか？」

キッチンから出てきた京之介君は、珈琲が入ったカップをテーブルに並べてソファに座る私の隣に腰を下ろした。

「うん、まだ夢みたいに嬉しくてちゃんと現実だって確かめてた」

それほど今日のプロポーズは夢のようだったから。

指輪を眺めながら幸せを噛みしめていると、京之介君は言いにくそうに切り出した。

「正直、会社のみんなの前でプロポーズなんて嫌じゃなかったか？」

「ううん、全然嫌じゃなかったよ」

「……そっか」

私の返事を聞き、心底安心した彼は続ける。

「水無瀬組との一件以来、親父に梅乃を守りたいならかたちで責任を取るべきだって口酸っぱくして言われ続けていてさ。でも親父の言う通りで、この先もこの前のようなことが起きないとは言えない。だったら家族として梅乃を守っていきたいと思ったんだ」

改めて彼の胸のうちを聞き、心が熱くなる。

「それでプロポーズしようとなったものの、どんな風にすればいいか悩んでてさ。そんな時に菊谷から最近どうだって連絡があって相談したら、梅乃にとって大切な場所でするのもいいんじゃないかと助言を受けたんだ」

「そうだったんだ」

だから悠里もプロポーズに協力してくれたんだね。

「ちょうど電話していた時に矢口も近くにいて、社長応援隊の協力を求めてはどうかと言われてさ。そこで初めて俺の片想いをずっと応援されていたことを知ったんだ」

そう話す京之介君は、苦笑いしながら小さなため息をひとつ零した。

「まぁ、応援してもらえて嬉しかったけどさ。恥ずかしいものがある」

「ふふ、そうだよね。でもみんな京之介君には気づかれないように応援していたでしょ？」

「そうだけど、梅乃は知っていたんだろ？」

「でも応援隊のおかげで、会社のみんなと早くに打ち解けることができたから嬉しかったよ」

そう言うと京之介君は複雑そうに眉根を寄せた。

「それならよかったと言うべきなのか悩ましいところだな」

頭を抱え始めた京之介君には申し訳ないけれど、本気で悩んでいる姿が可愛くて頬が緩んでしまう。

「私にとって会社の人たちは、自分自身を変えてくれた大切な人たちで居場所でもあるの。だからそんなみんなの前でプロポーズをしてくれて本当に嬉しかったよ。ありがとう」

心から感謝の気持ちを伝えると、顔を上げた京之介君はふわりと笑った。

「こっちこそプロポーズを受けてくれてありがとう」

そう言いながら京之介君はゆっくりと私との距離を縮める。

彼が私の頬に手を添えるのは、キスの合図。近づくスピードに合わせてそっと目を閉じた。

最初は触れるだけの優しいキスが落とされ、下唇を甘噛《あまが》みされた。

「んっ」

漏れた甘い声に触発《しょくはつ》されたように、京之介君の舌は私の口を割って入ってきた。

最初はいっぱいいっぱいで、どうしたらいいのかわからなかった。もちろん何度キスをしたってやっぱり恥ずかしいって気持ちはある。

でもそれ以上に彼とのキスは心地よくて、もっと……と求めてしまうんだ。

頬に触れていた手は背中に回り、もう片方の手は服の裾《すそ》を捲る。直に肌に触れた瞬間、ビクッと身体が反応してしまう。

「京之介くっ……」

キスの合間にどうにか彼の名前を呼ぶものの、深い口づけで最後まで呼べない。

舌と舌が絡み合うたびに身体が甘く痺れていくようで、次第に力が入らなくなる。

どれくらいの時間、キスを交わしていただろうか。夢中で応えていたら、唇が離れた時には息が上がっていた。それは京之介君も同じで、艶《つや》っぽく「はぁ」と息を漏らした。

「梅乃、ベッドに行こうか」

「……うん」

私が身体に力が入らないと気づいた京之介君は、クスリと笑いながら抱き上げてくれた。

廊下に出て寝室に向かう途中も、京之介君は私の頬やこめかみにキスを落としていく。些細なスキンシップにさえ幸せを感じてしまう。

それから京之介君はベッドの上で、いつも以上にたくさん愛してくれた。

「可愛い寝顔」

いつもだったら私が先に寝ちゃうのに、今日はプロポーズされた特別な日だからか目が冴えてしまい、眠れそうにない。

隣でスヤスヤと気持ちよさそうに眠る京之介君の寝顔を眺めては、幸せの余韻に浸っていた。

まさか今日、プロポーズされるとは夢にも思わなかった。悠里に言われた時は京之介君と結婚する未来はまだ想像できなかったのに、な。

実際にプロポーズされて指輪をはめてもらったら、単純ながら実感が湧いて早く京之介君と一緒に暮らしたいと思い始めている。

京之介君となら、どんなことがあっても乗り越えていける。そんな気がするの。

「京之介君、これから末永くよろしくね」

寝ている彼の頬にキスを落とし、目を閉じて眠りに就いた。

この日の夜、夢を見た。京之介君と結婚した私は、赤ちゃんとともに、帰ってきた京之介君を出迎えて、たくさん笑っている夢だった。

でもその夢も、いつか必ず現実になるはず。

番外編　永遠に続く、幸せな日常

梅雨の季節となり、せっかくの日曜日だというのに朝からあいにくの雨模様の中、私は駆け足で待ち合わせ場所のカフェへと急ぐ。

「あ、梅乃こっちこっち！」

カフェに入ると、店員に案内されるより先に私に気づいた悠里が手を振った。

「ごめん、待たせちゃって」

腰を下ろすと同時に大きなため息が零れてしまった。

「いいって。大変でしょ？　双子を育てるのは」

「……うん」

これには苦笑いしてしまう。

京之介君にプロポーズされてから半年後に、私たちは二度結婚式を挙《あ》げた。一度目の結婚式は、親族のみを招いた小さなものだった。

それというのも、お義父《とう》さんに堅気の人も参列する結婚式に出るわけにはいかないと拒否されてしまったからだ。

私も京之介君もお義父さんには参列してほしかったし、感謝の気持ちもそれぞれ伝えたかった。そこで二回挙げることに決めた。

沖縄《おきなわ》の海沿いのチャペルで結婚式を挙げ、そこで私も京之介君も親に育ててくれたことに対する感謝の気持ちを伝えた。

私の父はもちろんのこと、お義父さんも涙を流していて私までもらい泣きしてしまった。

もうひとつの結婚式は会社の人たちと友人を招いた豪華なもの。結婚式というよりパーティーに近いもので、みんながみんな自由に交流できるように立食スタイルにした。

どちらの結婚式でも参列者に感謝を伝えることができた、一生忘れられないものになった。

それから一年半後に妊娠が発覚。それも双子だった。京之介君はもちろん、周りのみんなも喜んでくれて、親たちは生まれてもいないのに、大量のベビーグッズを買い込むほど。

そして私たちのもとにやって来てくれたのは、元気な双子の男の子だった。幸せで輝かしい未来を生きてほしいという願いを込めて、幸《こう》と輝《ひかる》と名づけた。

生まれてちょうど半年が過ぎたが、いまだに夜泣きと睡眠不足に私と京之介君で戦っている。

京之介君は幸と輝が生まれて二ヵ月後から半年間、育児休暇《きゅうか》を取ってくれた。今はふたりで絶賛子育て中。

「それなのに一堂は梅乃を送り出してくれたんだ」

「うん、たまには息抜きしてきてって言ってくれたの。……まぁ、出かける直前にふたり一緒にうんちしちゃって大変だったけど」

「そっか、お疲れ様」

京之介君は結婚して出産しても変わらず……いや、さらに優しくなった。自分だって大変なのに常に私を気遣ってくれて、今日だって快く送り出してくれた。

家のことも進んでやってくれるし、本当に自慢の旦那様だ。

「じゃあ今日は双子ちゃんのことは一堂に任せて、たくさん買い物をして美味しいものを食べに行こうか」

「うん」

今日は悠里が私の気分転換になればと、オシャレなイタリアンレストランを予約してくれた。美味しい料理を食べられることが楽しみだったんだけれど……。

「心、ここにあらずって感じね」

「え？」

久々に買い物をした後にレストランに向かい、美味しいコース料理に舌鼓を打った。最後にデザートと珈琲が運ばれてきて、珈琲を一口飲んだところで悠里がテーブルの上に置いた私のスマートフォンを指差した。

「梅乃ってば数分おきにスマートフォンを見ちゃっているでしょ？」

「あ……気づかれてた？」

「当たり前でしょ」

せっかく悠里が予約してくれたのだから楽しもうと思っていたのに、どうしても双子と京之介君のことが気になってしまい、連絡がないかスマートフォンばかり気にしちゃっていた。

それはレストランに来てからではない。買い物中も何度も見てしまったし、買った物は双子と京之介君のものばかり。

「梅乃ってばもうすっかりママなのね。じゃあ最後にデザートを食べてどこかで一堂にお土産を買って帰ろうか」

「え、そんないいよ」

悠里だってここのレストランで食事をすることをすごく楽しみにしていたのに。

「もちろん家に帰らないわよ。一堂のイクメンぶりを見たいから帰りに寄ってもいい？　双子ちゃんにも会いたいし」

「本当？　うん、もちろん会いにきて」

京之介君も久しぶりに悠里に会いたいって言っていたし、絶対喜ぶはず。

「ありがとう。じゃあ早く食べて帰ろう」

「うん」

帰りに悠里がずっと食べてみたかったというプリンを買って帰宅すると、すっきりした顔の京之介君が出迎えてくれた。

「おかえり、梅乃。……と、なんだ。菊谷も来たのか」

「なんだとはなによ。来てあげたんだから、もてなしなさいよね」

ふたりらしいやり取りに乾いた笑い声が漏れながらも、双子が気になる。

「幸と輝は？」

静かだから仲良くお昼寝中なのだろうか。

つい部屋の中を覗くと、玄関に見慣れない靴が二足あることに気づいた。

「あれ？　誰か来ているの？」

気になって聞いたら、京之介君は私が手にしていた買い物した袋を持ってくれて、「こっち来て」と手招きをした。悠里と顔を見合わせながらも、京之介君に続いて廊下を進んでいく。

そして子供部屋の前で足を止めると、京之介君はそっとドアを開けた。

「あ……」

覗き見ると、絨毯の上で幸と輝を挟んで、私の父とお義父さんが気持ちよさそうに眠っていた。

「梅乃が出かけてすぐに、いつものようにふたりが突然押しかけてきてさ」

「そうだったんだ」

三人でリビングに向かい、悠里からお土産のプリンを受け取ると、京之介君は紅茶とともに出してくれた。

「梅乃が出かけたって話したら、じゃあお前もゆっくり過ごしたらいい。双子は俺たちに任せろって言うからお言葉に甘えさせてもらった。さすがは足繁《あししげ》く通ってきているだけあって、子守りはお手のものだったよ」

父とお義父さんは私たちが結婚すると、ますます仲を深めていった。幸と輝を妊娠してからというもの、私を心配してよくふたりで突撃してきた。

それは幸と輝が生まれてからさらに加速し、一週間に一回以上来ては双子の面倒を見てくれている。

「おかげで久しぶりに数時間ぐっすり眠ることができたよ。それに溜まっていた仕事も片づけられたし、ふたりには感謝しないとな」

「そうだね」

普段なら連絡もなしに来られて、困ってしまうこともあったけれど、それはふたりとも双子を可愛がってくれて、私たちを気遣ってくれているからこそだよね。

これからは突然押しかけてきたとしても、もっと寛容《かんよう》にならなくちゃ。

そんなことを考えながらプリンを食べていると、急に悠里が盛大なため息を漏らした。

「夫婦仲は良好！　どっちの親とも良好な関係を築けているなんて、どれだけ幸せオーラを私に見せつけるつもり？　羨ましいんだけど」

「だったら菊谷も早く幸せになればいいだろ」

「そんな簡単な問題じゃないから言っているんでしょ！」

悠里は私たちの結婚式で新たな出会いを期待していたようだけれど、なかなかこの人だって人と出会えなかったみたい。

それからも悠里から恋愛話を聞いていなかった。

「だったら慌てずに待てばいい。……俺は誰にだって運命の出会いはあると信じている。俺が梅乃に出会えたように、菊谷もこの人だって思える相手と出会えるさ、きっと。それに菊谷はいいやつだし。お前のいいところに気づいてくれる男もいるはずだ」

「一堂……」

京之介君が悠里を褒めるなんて珍しい。そのせいで照れくさくなったのか、悠里は「ありがとう」とぶっきらぼうに言った。

それは京之介君にも伝染したようで、そっぽ向いて「おう」なんて言う。ふたりの様子が微笑ましい。

「菊谷には色々と世話になったし、なにかあればいつでも俺たちを頼れ。な、梅乃」

「うん」

悠里には昔から助けてもらってばかりだった。その恩を返していきたい。

「ありがとう、ふたりとも」

それからは幸と輝たちが目を覚ますまで、三人で昔話に花を咲かせた。

「京之介君、寝た？」

「あぁ、どうにか。よし、じゃあベッドに寝かせるか」

「起こさないように気をつけてね」

「梅乃もな」

夜の十一時過ぎ。やっと眠りに就いた双子をそっとベビーベッドに寝かせた。幸い起きる気配がなくて、胸を撫で下ろす。

「お疲れ様」

「京之介君もお疲れ様。今日は本当にありがとう」

「俺も親父とお義父さんのおかげで楽をさせてもらえたから」

そんな話をしながらスヤスヤと眠る双子の寝顔を見つめる。

「こうやって幸と輝の寝顔を見ていると、俺の悩みはちっぽけなものに思えてくるよ」

「悩みって、なにかあったの？」

心配になって聞くと、京之介君はゆっくりと話してくれた。

「梅乃から妊娠の報告を受けた時は泣くほど嬉しかったんだけどさ、将来、子供が成長して物事が理解できる歳になった時に、どうやって背中の入れ墨の説明をしようか、それを聞いて子供はどう思うか不安だったんだ」

次になぜか京之介君はなにかを思い出したようでクスリと笑った。

「その悩みを日中、親父たちに打ち明けたらこう言われたんだ。〝子供は父親の背中を見て成長していくんだ〟って。〝十人十色というように、色々な父親がいたってていい。案外と子供は元極道なんてかっこいい肩書きだと言ってくれるかもしれないぞ〟って言うからさ、思わず笑っちまった」

お義父さんたちらしい答えで、私も笑ってしまった。でも、私も同感だ。

「私は京之介君のことをすごく尊敬している。だって一から学んで会社を立ち上げちゃったんだから。きっと幸と輝にとっても尊敬できるパパになると思う」

「梅乃……」

入れ墨だってかっこいいって言いそう。

「それに悩んでいたなら、私に話してくれたらよかったのに。……私ってそんなに頼りない？」

京之介君がいつも私を気遣い、力になってくれたように、私も彼にとってそんな存在になりたい。

すると京之介君は途端に慌て出した。

「いや、まさか。梅乃のことはいつも頼りにしている。ただ、好きな人の前ではかっこつけたい、弱いところを見せたくないって気持ちを理解してくれ」

「え……」

なにそれ、京之介君ってばそんな理由で私に話してくれなかったの？

気恥ずかしそうにする彼が愛おしくて、胸がギュッと締めつけられてしまう。

「やだな、私はどんな京之介君も大好きだよ？　弱いところもみっともないところも見せてほしい。だからこれからはなんでも話して」

夫婦ってお互いをさらけ出して、そして支え合っていくものだと思うから。

京之介君は大きく目を見開いた後、嬉しそうに頬を緩めた。

「わかった、約束する」

「うん、約束ね」

まるで約束の指きりをするようにキスを交わそうとした時。

「ぎゃー」

「あー！」

幸と輝が同時に起きて泣き出した。

「ごめんね、ママとパパの声が大きかったね」

「悪かったな」

慌てて双子を抱き上げて少しあやすと、双子はすぐに上機嫌になる。

「もしかして私と京之介君が仲良くしているのが面白くなかったのかな？」

「その可能性はあるな。仲間に入れろって言いたかったのかも」

冗談で言ったつもりだったけれど、あまりに双子が満足げに笑うものだから京之介君とふたり、声を上げて笑ってしまった。

育児休暇が明けたら、私もまた職場復帰する予定だ。そうしたらますます忙しい毎日となるだろう。

しかしどんなに忙しくたって、京之介君とふたりで幸と輝の成長を見守り、一緒に生きていく日々が愛おしくてたまらない。それはきっとこの先も永遠に続くはず。

番外編　矢口秘書の日常　矢口SIDE

平日の起床時間は五時。珈琲を飲みながら株価や為替《かわせ》のチェックをし、新聞にも目を通すのがいつもの日課となっている。

それからキッチンに立ち、栄養バランスを考えた朝食を作っていく。それらをニュース番組を見ながら食べ、出社の準備に取りかかる。

アイロンがけしておいたワイシャツに袖を通し、ネクタイをしっかりと結ぶ。髪をセットして、最後に鏡に映る自分の姿を見て髪に乱れはないか、ネクタイは曲がっていないかなどチェックし、笑顔を作った。

「さて、行きますか」

今日からまた一週間が始まる。

出社後、まず先に取りかかるのは社長が飲む珈琲の用意をすること。その日の気温や湿度によって挽《ひ》く豆の量を調整している。

珈琲を淹れ終わったら、パソコンを起動してメールの確認に入る。チェックと返信後、社長が目を通す新聞を用意し、部屋の掃除が行き届いているか簡単にチェックをする。清掃業者は入っているが、いつ来るかわからない急な来客に備えて自分の目で確認するようにしている。

最後に今日の社長の予定を再確認して、一日の流れを頭に叩き込んでいると、「おはよう」といつになく疲れ切った声で挨拶をしながら社長が出社してきた。

「おはようございます。ずいぶんとお疲れですね。珈琲をお持ちしましょうか？」

「あぁ、頼む」

そう言いながら社長室に入っていった彼のために珈琲をカップに注いで、後を追う。

「どうぞ」

そっとテーブルに置くと、社長は「ありがとう」と言ってカップを手に取った。

ふと社長の顔を見た瞬間、目を丸くしてしまう。

「頬や鼻の傷はどうされたんですか？」

よく見ると頬や鼻だけではなく、額にも傷がついていた。

「もしかしてまた幸君と輝君にやられたんですか？」

「あぁ。今朝も派手に暴れてくれたからな。保育所まで連れていくのが大変だったよ」

「それはお疲れ様でした」

生まれたばかりだと思っていたのに、気づけば幸君と輝君は今年で三歳になる。ちょうどやんちゃ盛りで、なにかと苦労されているようだ。

しかしそのやんちゃぶりは社長限定らしく、母親である梅乃ちゃんの前では幸君も輝君もそれはおとなしくて親思いの子だとか。

社長曰《いわ》く、双子は梅乃ちゃんのことが大好きで、そんな大好きな梅乃ちゃんと結婚した社長を父親ながら恨めしく思っているらしい。

初めてその話を聞いた時は冗談だと思っていたが、社長が航君と幸君を保育所に迎えに行く際に同行させていただくと、その話は事実だとわかった。

迎えに来たのに「パパとは帰らない」「ママがいい」と大暴れ。

毎日あんな調子では、社長も大変だと心から気の毒に思った。

「だけど、まぁ……あれでも可愛いところがあるんだ。この前も雷が鳴った夜には、怖いって言ってふたりとも俺に抱きついてきてさ」

嬉しそうに話す社長を見て、わたしまで頬が緩む。

「では、そんな可愛いおふたりのためにも仕事をしましょうか」

「そこは『可愛いですね』って話を合わせろよ。それにまだ珈琲を飲んでいない」

「珈琲を飲みながらでよろしいので、本日のスケジュールを伝えさせていただきます」

今日は十時から打ち合わせが入っていて、その前には朝一の会議に出席予定だ。顔の傷の手当てもしなければいけないし、時間がない。

「少しはゆっくりさせてくれよ」という社長の言葉を無視して、一方的にスケジュールを伝えていく。

そして珈琲を飲み終えた社長の手当てをして、会議に送り出した。


「さすがに今日は疲れたな」

「お疲れ様でした」

一日を終え、社長はソファに力なく座った。すかさず珈琲を出すと、「ちょうど飲みたいと思っていたんだ」と言って笑顔で受け取った。

「お迎えも社長ですか？」

「あぁ。梅乃は菊谷と久しぶりにご飯食べてくるから。俺たちは竜也と四人で食事に行く予定なんだ」

「それはまた意外な組み合わせですね」

組長と竜也さんとともに、家族六人で食事に行くことは度々あると聞いていたが、組長と梅乃ちゃん抜きの四人で行くことは、あまりなかったのではないだろうか。

「俺も竜也に連絡をもらった時は驚いたよ」

そう切り出した社長は、意味ありげな笑みを浮かべる。

「なんでも俺に恋愛相談したいらしい」

「恋愛相談って……竜也さんからですか？」

思わず聞き返したわたしに対し、社長は「びっくりしただろ？」と言って続けた。

「俺も最初に聞いた時は驚いたよ。どうやら堅気の相手らしいから、俺に話を聞いてほしいそうだ。結婚したいほど好きらしいぞ？」

「それはまた急展開ですね。組長が知ったら、さぞお喜びになるでしょう」

組長はご子息のことをとても大切にされている。その思いは姐さんが亡くなられてからより強くなったように見受けられたから。

「まだ竜也の片想いらしいんだ。それなのに父さんが知ったら大騒ぎになるだろ？だからしばらくは言わないつもりらしいから、口外しないでやってくれ」

「はい、それはもちろんです」

しかしあの竜也さんも、結婚を考える相手がいるとは感慨深いものがある。

「俺も所帯《しょたい》を持ち、竜也も結婚を意識し始めたんだ。今度こそ矢口の番じゃないか？

もしかして俺に言わないだけで、本当は相手がいたり、すでに既婚者ってことはないよな？　矢口なら十分あり得る」

疑うような目を向けてきた社長に、クスリと笑ってしまった。

「そのような相手はいませんし、結婚をする予定もありませんよ」

「だったら婚活でもしたらどうだ？」

幼い頃からの付き合いだからか、社長は定期的にわたしに結婚を勧めてくる。もしかしたら心のどこかで、自分と一緒に極道の世界から足を洗うことになってしまったと責任を感じているのかもしれない。

そんな責任など、感じなくてもいいというのに。

「わたしの婚活より、幸君と輝君のお迎えに行かなくても大丈夫ですか？」

「え？　あ、やべっ！」

時計を見た社長はギョッとなり、すっかり冷めてしまった珈琲を一気に飲み干した。

「ごちそうさま。それじゃ矢口も早く上がってくれ」

「はい。お疲れ様でした。明日はアプリ配信会社との打ち合わせが入っておりますので、朝の八時にお迎えに伺います」

「わかった、よろしく頼む。お疲れ」

鞄や上着を手に、慌ただしく社長室を出ていく。

わたしもカップを片づけ、最後にメールのチェックや雑務をして十八時過ぎには会社を後にした。

仕事が早く終わった日は決まって自炊をしている。帰りにスーパーに寄って食材を買い、さっそく調理に取りかかった。

今日は旬のかつおのたたきに、ぶり大根。それときゅうりの浅漬けを作った。

「ん、美味しくできた」

料理の味に満足しながら、日本酒を楽しむ。

「それにしても、竜也さんが結婚か」

若だけではなく、竜也さんも結婚となれば組長も安心されるだろう。……そしてきっと、彼女も。

ゆっくりとテレビボードに飾ってある写真立てに目を向けた。

幼い頃の若と生まれたての竜也さんを抱く女性の写真を眺めるたびに、今でも胸が苦しくなる。

「綾子《あやこ》さん、おふたりとも立派に育ちましたよ」

写真の中の彼女に語りかけ、目を閉じると昔の記憶が今でも鮮明に思い出せる。

十歳、歳が離れていた綾子さんは、姉のような存在だった。

父親が綾子さんの父親が組長を務める組に所属しており、綾子さんはなにかとわたしを気にかけてくれていた。

綺麗で優しくて、誰よりも極道の世界を毛嫌いしていた彼女は、わたしにさんざん堅気の世界で生きていくべきだと言ってきた。

しかし、初恋の人である綾子さんのそばにいたい一心で、わたしは極道の世界に足を踏み入れた。

叶わぬ思いを抱えていても無駄だと頭ではわかっていたのに、彼女に対する想いを消すことはできなかった。

ともに過ごす時間を積み重ねるたびに、綾子さんを好きな気持ちも大きくなっていった。

それは彼女が結婚して出産してからも変わることはなかった。……そして、今もわたしはもうこの世にはいない綾子さんへの想いを捨てきれずにいる。

「会えない人を想うほど、つらいものはないですよ。綾子さん」

笑顔で写真に写る綾子さんに話しかけながら、自傷気味に笑ってしまう。

綾子さんの死期が近づいていた頃、正直、わたしは生きる意味を見失っていた。どんなかたちでもいいから、そばにいたい、愛する人を守っていきたい。それがわたしの生きる意味でもあったのだ。

彼女がこの世からいなくなってしまったら、わたしは生きる意味を失う。

ひっそりと綾子さんの後を追って命を絶つことも考えていた。

そんなわたしに生きる希望を与えたのは、綾子さんだった。最後に言葉を交わした際に言われた言葉が、わたしの生きる意味となっている。

綾子さんは自分と同じで、若が極道の世界では生きていけないと早くに見抜いていた。

もしかしたら近い将来、若は極道の世界から抜けたいと思う日がくるかもしれない。その時はどんなことをしてでも若を守ってほしい。自分の代わりに若の幸せを見届けてほしいと託されたのだ。

「綾子さんの言った通りになってしまいましたね」

若はこれまで多くの苦労をされたが、その分、今は幸せに生きている。

片づけを済ませ、いつもだったら入浴して早めに就寝するところだが、今夜はもう少し飲みたくなり、日本酒を片手にベランダに出た。

夜空を見上げながら、綾子さんへの想いが溢れ出す。

最後に言葉を交わした時に、もうひとつ言われた言葉がある。それはわたしの幸せを願うものだった。

『保は優しすぎるのよ。でもそんな保がいたから私はここまで生きてこられたの。保のおかげで京之介と竜也に会うことができた。……本当にありがとう。どうか私の分まで幸せに生きて』

「綾子さんの言う幸せってなんでしょうか」

空に向かって問いかけても、答えは返ってくることはない。

この自問自答を今まで何度繰り返しただろうか。だからわたしが思う幸せな人生を生きてみようと思う。

それは託された若の幸せを見守り、死ぬまで綾子さんを想い続けること。

今も彼女を想うだけで胸が苦しくなる。これほど愛することができる人とは、もう二度と会うことはできないだろう。

だからどうか、死ぬまで綾子さんを愛することを許してほしい。

「まぁ、天国で再会した時はきっと綾子さんは怒るんでしょうね」

綾子さんに怒られている自分の姿が想像できて、クスリと笑みが零れた。

幸せのかたちは人それぞれだ。どんな幸せがあったっていい。大切なのは、自分自身がどう感じているかだと思うから。

だからわたしはこれからも社長として奮闘する若を誰よりも近くで支え、梅乃ちゃんと築く幸せな家庭を見守りながら生きていこう。

それが私にとっての日常であり、この上ない幸福なのだから——。

END

あとがき

このたびは私にとってマーマレード文庫三作目となる、『幼馴染みの（元）極道社長からの昼も夜も果てない猛愛に逆らえません』をお手に取ってくださり、ありがとうございました。

初めての極道ヒーロー。最初に担当様からお話をいただいた時は果たして私に極道ヒーローをかっこよく書けるのか不安でいっぱいでした。

さらに職場では人員不足で激務となり、なかなか執筆の時間を取れない時期でもありました。脱稿までに長い時間を要してしまった作品だけに、執筆を終え、こうしてあとがきを書いている今でさえ読者の皆様に楽しんでいただける作品になったのかと不安で仕方がありません。

どうだったでしょうか？　最初から最後までお楽しみいただけたでしょうか？

少しでも京之介と梅乃のラブストーリーできゅんとしたり、ハラハラしたり、クスリと笑ったりとお楽しみいただけましたら幸いです。

今作では出版までに多くの方に大変なご迷惑をたくさんおかけしてしまいました。

こうして無事に出版させていただけたのは、担当様、マーマレード文庫編集部の皆様、編集に携《たずさ》わってくださった方々のおかげです。本当にありがとうございました。

カバーイラストをご担当いただけました沖田ちゃとら先生、ふたりの世界観を素敵に描いてくださり、ありがとうございました。

そしてなにより、いつも作品を読んでくださる読者の皆様、本当に本当に！　ありがとうございます。

やっと仕事のほうも人員が補充され、心に余裕を持って勤務することができるようになってきました。これからは今までよりも執筆の時間が多く取れると思うので、大好きな恋愛小説をたくさん書いていきたいと思っています。

そして読んでくださった皆様が、少しでも心がときめくような、そんなお話を書いていきたいです。

それではまた、このような素敵な機会を通して皆様とお会いできることを願って。

田崎くるみ

マーマレード文庫

幼馴染みの（元）極道社長からの昼も夜も果てない猛愛に逆らえません

2023年5月15日　第1刷発行　定価はカバーに表示してあります

著者　田崎くるみ　©KURUMI TASAKI 2023
発行人　鈴木幸辰
発行所　株式会社ハーパーコリンズ・ジャパン
東京都千代田区大手町1-5-1
電話　03-6269-2883（営業部）
0570-008091（読者サービス係）
印刷・製本　中央精版印刷株式会社

Printed in Japan ©K.K. HarperCollins Japan 2023
ISBN-978-4-596-77357-9

m a r m a l a d e b u n k o